養花小品 田畑

日落尤其温柔

人间皆是浪漫

沈从文
朱生豪
等
著

天津出版传媒集团

天津人民出版社

图书在版编目（CIP）数据

日落尤其温柔　人间皆是浪漫 / 沈从文等著.
天津：天津人民出版社，2024. 8. -- ISBN 978-7-201
-20659-2

Ⅰ .I266

中国国家版本馆CIP数据核字第2024MW2104号

日落尤其温柔　人间皆是浪漫
RILUO YOUQI WENROU　RENJIAN JIESHI LANGMAN

沈从文　等著

出　　版	天津人民出版社
出 版 人	刘锦泉
地　　址	天津市和平区西康路35号康岳大厦
邮政编码	300051
邮购电话	022-23332451
电子信箱	reader@tjrmcbs.com

责任编辑	玮丽斯
监　　制	黄　利　万　夏
营销支持	曹莉丽
特约编辑	曹莉丽　鞠媛媛　方　莹
版权支持	王福娇
装帧设计	紫图图书 ZITO®

制版印刷	艺堂印刷（天津）有限公司
经　　销	新华书店
开　　本	880毫米×1230毫米　1/32
印　　张	7.75
字　　数	127千字
版次印次	2024年8月第1版　2024年8月第1次印刷
定　　价	55.00元

版权所有　侵权必究
图书如出现印装质量问题，请致电联系调换（022-23332451）

　　近着你会使我惆怅，因此我愿常远远地忆你。如果我们能获得长寿，等我们年老的时候，我愿和你卜邻而居，共度衰倦之暮年，此生之愿足矣！

　　我行过许多地方的桥，看过许多次数的云，喝过许多种类的酒，却只爱过一个正当最好年龄的人。

　　当我忙得忘了许多事，甚至于忘了她，这两只眼会忽然在一朵云中，或一汪水里，或一瓣花上，或一线光中，轻轻地一闪，像归燕的翅儿，只需一闪，我便感到无限的春光。

南风未起 念你成疾

第一章

002	西山的月 - 沈从文
007	你为什么不来 - 许地山
009	看灯有味忆儿时 - 张恨水
012	第一个恋人 - 章衣萍
026	初恋的自白 - 胡也频
034	水样的春愁 - 郁达夫

043	春野 - 陆蠡
047	无题 - 老舍
051	初恋 - 周作人
054	花巷 - 冯骥才
057	迈耶一家 - 季羡林
061	初恋杂感 - 梁晓声

纸短情长
吻你万千

第二章

074	由达园致张兆和 －沈从文		098	希望可以永远地不分离 －郁达夫
083	小船上的信 －沈从文		101	梦里也不能离你的印象 －瞿秋白
088	我是宋清如至上主义者 －朱生豪		103	宇宙从此不再暗淡 －庐隐
090	共度暮年，此生足矣 －朱生豪		106	结发作夫妻，恩爱两不疑 －朱湘
092	我爱你朴素，不爱你奢华 －徐志摩		108	我寄你的信，总要送往邮局 －许广平
095	我有你什么都不要了 －徐志摩		111	每天看天一小时会变成美人 －萧红

余生为期
此情不移

第三章

116　笑
　　－许地山

118　爱人，我的失眠让你落泪
　　－郁达夫

120　红豆
　　－陆蠡

123　窗帘
　　－陆蠡

125　爱情篇
　　－张晓风

131　姻缘
　　－史铁生

137　不速之客
　　－郑振铎

143　婚礼现场
　　－肖复兴

148　费城浪漫曲
　　－肖复兴

153　街头的吻
　　－冯骥才

158　老夫老妻
　　－冯骥才

162　人间自有真情在
　　－季羡林

聚散匆匆 此恨无穷

第四章

168	哭摩 －陆小曼	205	花床 －缪崇群
177	给亡妇 －朱自清	208	别话 －许地山
184	再忆萧珊 －巴金	212	爱流汐涨 －许地山
188	最后的一天 －许广平	215	墓畔哀歌 －石评梅
196	我怕 －许广平	222	缄情寄向黄泉 －石评梅
202	缀 －缪崇群	230	雷峰塔下——寄到碧落 －庐隐

日本亦不能自外，
人間最普遍之現象

第一章

南风未起
念你成疾

求你将我放在你心上如印记，
带在你臂上如戳记。

西山的月

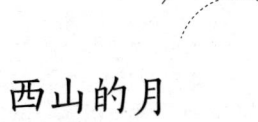

/ 沈从文

"求你将我放在你心上如印记，带在你臂上如戳记。"我念诵着《雅歌》来希望你，我的好人。

你的眼睛还没掉转来望我，只起了一个势，我早惊乱得同一只听到弹弓弦子响中的小雀了。我是这样怕与你灵魂接触，因为你太美丽了的缘故。

但这只小雀它愿意常常在弓弦响声下惊惊惶惶乱窜，从惊乱中它已找到更多的舒适快活了。

在青玉色的中天里，那些闪闪烁烁的星群，有你的眼睛存在：因你的眼睛也正是这样闪烁不定，且不要风吹。

在山谷中的溪涧里，那些清莹透明的出山泉，也有你的眼睛存在：你眼睛我记着比这水还清莹透明，流动不止。

我侥幸又见到你一度微笑了，是在那晚风为散放的盆莲旁边。这笑里有清香，我一点都不奇怪，本来你笑时是有种比清香还能沁人心脾的东西！

我见到你笑了，还找不出你的泪来。当我从一面篱笆前过身，见到那些嫩紫色牵牛花上附着的露珠，便想：倘若是她有什么不快事缠上了心，泪珠不是正同这露珠一样美丽，在凉月下会起虹彩吗？

我是那么想着，最后便把那朵牵牛花上的露珠用舌子舔干了。

"怎么这人哪，不将我泪珠穿起？"你必不会这样来怪我，我实在没有这种本领。我头发白得太多了，纵使我能，也找不到穿它的东西！

病渴的人，每日里身上疼痛，心中悲哀，你当真愿意不愿给渴了的人一点甘露喝？

这如像做好事的善人一样：可怜路人的渴涸，济以茶汤，恩惠将附在这路人心上，做好事的人将蒙福至于永远。

我日里要做工，没有空闲。在夜里得了休息时，便沿着山涧去找你。我不怕虎狼，也不怕伸着两把钳子来吓我的蝎子，只想在月下见你一面。

碰到许多打起小小火把夜游的萤火，问它，"朋友朋友，你曾见过一个人吗？"

它说，"你找那个人是个什么样子呢？"

我指那些闪闪烁烁的群星，"哪，这是眼睛。"

我指那些飘忽白云，"哪，这是衣裳。"

我要它静心去听那些涧泉和音，"哪，她声音同这一样。"

我末了把刚从花园内摘来那朵粉红玫瑰在它眼前晃了一下，"哪，这是脸。"

这些小东西，虽不知道什么叫作骄傲，还老老实实听我所说的话，但当我问它听明白没有？只把头摇了摇就想跑。

"怎么，究竟见不见到呢？"——我赶着追问。

"我这灯笼照我自己全身还不够！先生，放我吧，不然，我会又要绊倒在那些不忠厚的蜘蛛设就的圈套里……虽然它们也不能奈何我，但我不愿意同它们麻烦。先生，你还是问别个吧，再扯着我会赶不上它们了。"——它跑去了。

我行步迟钝，不能同它们一起遍山遍野去找你——但凡是山上有月色流注到的地方我都到了，不见你的踪迹。

回过头去，听那边山下有歌声飘扬过来，这歌声出于日光只能在垣外徘徊的狱中。我跑去为他们祝福：

你那些强健无知的公绵羊啊！

神给了你强健却吝了知识：

每日和平守分的咀嚼主人给你们的窝窝头，

疾病与忧愁永不凭附于身；

你们是有福了——阿门！

你那些懦弱无知的母绵羊啊！

神给了你温柔却吝了知识：

每日和平守分的咀嚼主人给你们的窝窝头，

失望与忧愁永不凭附于身；

你们也是有福了——阿门！

世界之霉一时侵不到你们身上，

你们但和平守分的生息在圈牢里：

能证明你主人的恩惠——

同时证明了你主人的富有；

你们都是有福了——阿门！

当我起身时，有两行眼泪挂在脸上。为别人流还是为自己流呢？我自己还要问他人。但这时除了中天那轮凉月外，没有能做证明的人。

我要在你眼波中去洗我的手，摩到你的眼睛，太冷了。

倘若你的眼睛真是这样冷，在你鉴照下，有个人的心会结成冰。

这也是我游香山时找得的一篇文章，找得的地方是半山亭。似乎是什么人遗落忘记的稿子，文章虽不及古文高雅，但半夜里能一个人跑上半山亭来望月，本身已就是个妙人了。

当我刚发见这稿子念过前几段时，心想不知是谁个女人来消受他这郁闷的热情，未免起了点妒羡心。到末了使我了然，因最后一行写的是"待人承领的爱"这六个字令我失望，故把它圈掉了。为保存原文起见，乃在这里声明一句。

若有某个人能切实证明这招贴文章是寄她的，只要把地点告知，我也愿把原稿寄她，左右留在我身边也是无用东西。至于我，不经过别人许可，就在这里把别人文章发表了，不合理的地方，特在此致一声歉，不过想来既然是招贴类文章，擅自发表出来，也不算十分无道德心吧。

一九二五年九月一日

你为什么不来

/ 许地山

在夭桃开透、浓荫欲成的时候，谁不想伴着他心爱的人出去游逛游逛呢？在密云不飞、急雨如注的时候，谁不愿在深闺中等她心爱的人前来细谈呢？

她闷坐在一张睡椅上，紊乱的心思像窗外的雨点——东抛，西织，来回无定。在有意无意之间，又顺手拿起一把九连环慵懒懒地解着。

丫头进来说："小姐，茶点都预备好了。"

她手里还是慵懒懒地解着，口里却发出似答非答的声："……他为什么还不来？"

除窗外的雨声和她手中轻微的银环声以外，屋里可算静极了！在这幽静的屋里，忽然从窗外伴着雨声送来几句优美的歌曲：

你放声哭，

因为我把林中善鸣的鸟笼住么？

你飞不动，

因为我把空中的雁射杀么？

你不敢进我的门，

因为我家养狗提防客人么？

因为我家养猫捕鼠，

你就不来么？

因为我的灯火没有笼罩，

烧死许多美丽的昆虫

你就不来么？

你不肯来，

因为我有……

"有什么呢？"她听到末了这句，那紊乱的心就发出这样的问。她心中接着想："因为我约你，所以你不肯来；还是因为大雨，使你不能来呢？"

看灯有味忆儿时

/ 张恨水

让我把陆放翁那句诗，"青灯有味忆儿时"，改去第一个字。为着同时让我把生命史揭过去四十二年。

我穿着一件枣红色的棉袍，外罩着雪青缎子一字琵琶襟背心。头上戴着青缎子瓜皮帽，上面有个酒杯大的红疙瘩，瓜皮帽前面，绽着一块碧玉牌。腰里系着一条湖水色纺绸腰带，在背心下面，拖出了两截。我脚蹬白竹布袜，红缎起乌云头的棉鞋，很潇洒地走向我的砚友傅秋凤家里，目的是邀她看灯去。

我的学堂里，只有三个女同学，那两个人我忘了，我只记得秋凤。她和我同年。瓜子脸，雪白，很大的眼睛。头上一大把辫子，辫子梢扎着一大把红丝线。我也觉得她很好看。她脸上虽有三四颗小碎麻子，抹了粉就看不见。尤其是她在眉毛中间，将胭脂点上几个梅花点，我觉得真够俏的。

我到了傅家，秋凤穿着一件蓝布印白花的褂子，齐平了膝盖。外罩着一般长的青缎子大镶大滚，中嵌紫蓁本缎大花背心。正提着一只螃蟹灯，和拖兔子灯的小弟弟玩耍。她看见我来了，笑着叫我的学名："杏渊，你才来，等得我急死了。你听，锣鼓响到后街了。"我笑说："我们走罢，傅伯伯要你去？"傅伯母站在堂屋里烛光下，笑说："早些回来。"这是个依允的暗号。我们手挽着手走上后街。

景德镇看龙灯，并没有什么稀奇。稀奇是接龙灯的商家，放烟火（即花盒子）放花筒，一家赛一家，越看越爱看。我挽着秋凤的手，跟着龙灯，走一条街又一条街。熟识的商家，拿出果子年糕茶叶蛋，招待这两个小孩。有人问主人，这男孩子是谁？"张老爷的少爷。""这是小姐？""不！是傅家的姑娘，将来的少奶奶。"秋凤脸上一阵红，低了头，撒开互牵着的手。但是，过一会儿，我们又牵上了。我记得，牵得太久了，手心里出着汗。

大半夜，我把秋凤送回家。她家堂屋里灯火通明在打纸牌。傅伯伯也在牌桌上，看到我们双双回来，回过头对看牌的傅伯母说："这两个小家伙倒很和气。"同桌的人一齐笑道："你们两家，几时过礼？"秋凤笑着跑了。又是元宵，这一切都在眼前，但我最小的男孩子，已将近我那时看灯的年龄。让我祝福秋凤健在罢，也许有人喊祖母了。

那些玩大炮的人，可惜没有时间，体会陆放翁那句话："青灯有味忆儿时。"几十年光阴，一混就完，何若乃尔！

第一个恋人

/ 章衣萍

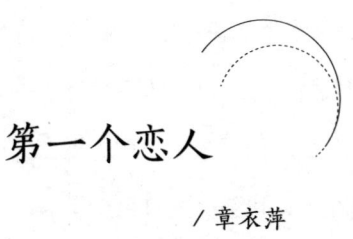

一

那一年，我大约是十六岁罢，因为父亲在古城开药店，我便随着父亲，住在店里。每天到古城后街的一个高小学校里去读书。

高小学校里的功课并不多，每天下午二时便没有功课了。课余后，我回到店中，照例是看看《三国演义》，或者随着店中的伙计们，街前街后的去跑跑。店中一共有十六个伙计，其中有一个和我脾气相合，情感最密的，叫作华桂。华桂是一个身材矮小，举动敏捷的小伙计，那时年纪也不过十七八岁罢。

面白而红，梳着一根很粗的"流水辫"，整日的盘在头上。

我那时好看《三国演义》。华桂不识字，但他少时听他舅舅说过《三国演义》的，有几段记得很熟。像什么"诸葛亮三气周瑜"哪，"八十三万人马下江南"哪，"火烧赤壁"哪，华桂是一开口便滔滔不绝的。只要父亲不在柜台上，我们俩便滔滔地谈起来了。

"三国时谁最会打仗？"我问。

"我以为是吕布，你呢？"他决然地说。

"我以为是赵子龙。吕布不如赵子龙，因为他终于给曹操杀却了。"

"那不能怪吕布，是貂蝉害了他！呵！貂蝉！迷人精！狐狸精！……貂蝉是狐狸精变的。"他愤然了。

"狐狸精！吕布为什么还喜欢她？哼！"

"呵，因为她是女子呵！女子是迷人的。那一对肥胖而突出的乳，像馒头般的柔软的乳呀！只要摸一摸，只要摸一摸……"华桂像疯狂一般地跳起来。

我忍不住笑了，走近他的耳边轻轻地问："你摸过……没有？"

"没有！……但总得摸一摸。"

华桂和我是常常这样胡扯的。但父亲甚不喜华桂，以为他太滑头了，嘱我不要和他亲近。我那时对于父亲的深奥的意见是不了解的。我相信华桂是我的最好的朋友，他老实，活泼，而且比旁的伙计不会躲懒。

古城是一小市镇，镇临小河，可以通船。河的彼岸，有几座小小的土山，虽无古木大树，但山坡秀雅，春来时节，红花青草，丛生满山，倒影入河，风景也十分清丽。河中设小渡二，用渡往来行人，埠头则以石砌成。古城妇女，常常三三五五，在那里洗濯衣服，华桂常携着店中的药材，到埠头上，临流漂洗。我课余的时节，有时也提着钓竿，随着华桂，坐在离埠头数十武的岸上钓鱼。

不知从何时起，华桂忽然认识一个洗濯衣服的妇人了。我去钓鱼，便看见华桂洗完药材，总是不肯就走，同那妇人夹七夹八的闲谈。远远望去，那妇人好像是什么人家的女仆，面圆身健，虽是毫无装饰，却也有几分可爱。

我懂得华桂的心思，只顾低头钓鱼，不忍过去催他。

但华桂后来竟愈弄愈糊涂了，有时他和那妇人竟一谈两点钟不肯走。那一天，我因为钓不着鱼，肚子里又十分饥饿，急于要回店晚餐，于是便生气了：

"华桂！你不回去，我要走了。"

"哦……"华桂很惊慌地抬起头来，望一望我，便匆匆地别了谈话的妇人，拿起药材，伴我走了。

在路上，华桂悄悄地告诉我："飞哥儿，你千万不要告诉掌柜的，今天……"

"嗡。"我笑了，"有味哪，谈话！她叫什么名字？"

"月娥，王家的女仆。哈哈，飞哥儿，她今天说起她们那里李家少女，才真美丽呢，简直同貂蝉一般的美丽。"

"哪有的话，同貂蝉一般的？"

"真的，她这么说。不相信，我们可以设法去瞧瞧。"

"我不要瞧……"我有点害羞了，但心里却飘飘然起来，望着天边一抹的鲜红的灿烂的晚霞，晚霞中仿佛幻出一个美丽绝伦的少女，婷婷娜娜地望着我微笑。脸上也不自觉地发起烧来。

二

从那天起，我的怯弱的心中便起了一层意外的波澜了，无论是吃饭，睡觉，或是入学校的时候。

"我总得瞧一瞧……"

其实为什么要瞧？瞧了又有什么目的？连我自己也十分茫然。纯洁而幼稚的心已陷入恋之烦恼里了。在人生的旅路上走着的朋友，有谁不曾喝过一勺恋之苦汁呢？然而我未免喝得太早。

但我对于华桂，却不肯明白地将心事说出来。我只是对于华桂比以前更亲密了，而且当华桂下河洗药材的时候，我总是提着钓竿悄悄跟去。父亲似乎很不满意，曾骂了我两次，嘱我不要随着华桂外出。但我那时对于父亲的谴责似乎毫不在意，仍旧是提着钓竿，课毕便悄悄出门。

我渐渐和华桂的恋人也弄熟了，她的确是一个有说有笑的好妇人。据华桂告诉我，她十六岁便嫁给一个乡人为妇，因为丈夫好赌博，把家中的田地卖尽当光了，她只得到古城来当佣妇，现在一月拿人家两元的薪水。那赌博的丈夫，还时时来缠她，一月至少要缠去几吊铜子，有时竟连两元薪水，完全缠去。

那一天，当晚霞映在对岸的山顶上的时节，我和华桂又在埠头上等着月娥了，因为华桂和月娥约定，今日来埠头的时间比较稍迟的。华桂似乎等得很着急，时常抬起头来探望。我的心中却仍旧为那没见面的少女所苦。究竟那个少女怎样美丽呢？如何告诉月娥，叫她领我们去瞧瞧？这句话又如何说得出口？我愈想愈糊涂了，但结论是这样——

"我总得瞧一瞧……"

天色渐渐昏黑了，埠头上已经没有行人。河中停泊二三小舟，远远地射出星星的灯火，正似水面漂泊的流萤。在静穆而寂寞的时间里，华桂忽然站起来说："来了么？"

"来了，等急了罢。"月娥从黑暗中走近前来，手中提着篮子。

"等急了，飞哥儿也在这里。"

"呀，对不起，累得飞哥儿也久等。"月娥笑着拍拍我的肩。

"哪有的话，横竖我晚上总是玩。"我谦恭地说。

"飞哥儿想瞧瞧赛貂蝉，哈，哈，哈！"华桂疯起来了，拉着月娥的手。

"呸！瞎说！"我急了，在华桂的背上捶了一下。

"李家的少女么？哦，真美丽！"

"你带我们瞧瞧！"华桂恳求地说。

"可惜她不容易出门，一年出门不过几次。"

"为什么呢？"华桂问。

"因为她的父亲不在家。她父亲到杭州做什么局长去了，在外面娶了姨太太，所以一连八年不回家。她们母女两人，苦守在家里，靠着取租，吃用也够了，但心中总不快活。"

我从无聊的幻想里产出空虚的同情了，从同情里又感着悲哀，赤子之心的悲哀。我一言不发地立在黑暗里，望着河水。

"呵，飞哥儿，怎么呆住了？没有瞧见过，知道将来是不是你的老婆呢？倒先替人家可怜，真是不害羞！"华桂带着讥笑地说。

"不许瞎说！仔细我捶你！"我又怒又羞地，禁止华桂。

月娥和华桂都大笑起来了。

"时候不早了，应该走了罢。"月娥说，于是华桂靠近她胸前去抚弄了一会。于是我们分别了月娥归来。

市镇上已经满街灯火。喧哗的声音，响彻了全镇。我缠在无聊和苦痛的幻想里。父亲适不在店中，然而我那晚也忘记了晚餐。

三

我一连几天没有跟着华桂到埠头上去，因为我怕月娥和华桂要拿我取笑。天气渐渐炎热，暑假转眼便到了，我预备毕业考试的功课，比从前倍觉忙碌。但有时读书倦了，夜阑人静。心中又忽然想起——

"我总得瞧一瞧……"

华桂有时晚上也嬉皮笑脸地到房中来，谈一会，但只要听见外面父亲的脚步的声音，便又鼠一般地逃出去了。

那一晚，我有些倦了，抛开书籍，到柜台上去站了一会儿。华桂走近身旁，把我拉到栈房里，笑嘻嘻地说："到手了……"

"恭喜你，几时到手的？"

"昨晚……"

"在什么地方？"

"埠头过去的草堆里。"

"呸！狗一般的！"我笑了。

"别骂人！明天下午我领你瞧李家的少女去。"

"哪里？"我羞了。

"观音寺的小路上。"

"你怎么知道？"

"月娥告诉我的。她明天下午也到那里去。"我忽然羞得回转身来跑了，华桂在后面赶来说："到底去不去？"

"去，一定的。"

这一天，清早起来便似乎有些飘飘然了，昨晚睡得不很好，做了许多的怪梦。早餐后便到学校去，同学以为考期将至，对于功课都用心静听，教室里也没有从前一般的喧哗声音。我的心里却总是老在想些无聊的问题：

今天能够瞧见吗？

瞧不见，怎么样？

总得瞧一瞧……

午餐后，历史课结束后，大家都预备温习，我便夹了书包，跑回店中，我记得途中的脚步，比平常是跑得快些了。

华桂看见我回来，便到栈房里拿了两小捆药材，作为到河里漂洗的模样。在他后面跟了出去。

观音寺离古城镇约有一里之遥，那里的香火很盛。古城人最迷信观音，他们无论男女，都呼观音为"救苦救难的大士"。那天似乎是什么庙会，途中老少男女，三三五五，结队偕行，大概都是观音寺进香归来的。

"仔细些，不要给赛貂蝉走过了！"华桂东张西望地说，手里还拿着药材。

"又不认识，知道她走过不走过？"我微笑地说，眼睛仍注视着行人。

"哪一个小女子最美丽的，哪一个就是……"华桂说到这里，忽然跑向前去几步。

我抬头看是月娥来了，也十分欢喜。

"等急了罢，飞哥儿。"月娥说。这一天她穿了一身月白色的布衣，头上戴着一朵红花，倒也有几分的美丽。

"李家的少女呢？"华桂不能忍耐地问。

"在后面，快来了。"月娥回头望着。

我们三人的脚步愈走愈迟了，月娥故意同我们离开几步，表示她同我们是没有关系的样子。

夕阳反照在路边林中的树叶上面，树叶上闪着灿烂的金光。暮鸦队队，在天空哑哑地飞去。月娥忽然站住了，同后面走来的一个女人招呼。那女人也不过是四十的年纪，脸上却带着苍白的颜色。眉头稍蹙，似是半生悲哀的标志。后面伴着一个梳辫的少女，身材似乎正同我一般的高。流动的眼珠，乌黑的头发，玫瑰色的圆长脸庞，衬着粉红色的上衣，浅蓝色的绸裙。婷婷而来，似碧桃在微风中飘荡。

"这真是活貂蝉！"华桂轻轻地说。

我迷恋在暮色苍然的歧路上了，这样美丽的少女，是我从来没有瞧见过的。

然而人生的美满而幸福的时间，终不过是转眼的一刹那间罢。她们在前面走去了，微风吹月娥和少女谈话的断续的声音到我耳际，那清脆而幽越的乐音。我的灵魂是被爱之烈火燃烧着了。

"跟到她们的家！"华桂提议。

"好的。"我说。

走尽那蜿蜒的旷野的小道，到了古城的后街了。黑暗开始张开它的幕。借着市上的灯光，我们还隐约地望见她们三人的后影。再转过一条小巷，前面便是一场空地，古槐三株，直立池边。我们模糊地望见她们穿过古槐，便仿佛听见开门的声音。

"大约她们都到了家罢。"华桂说。

"应该回去了。"我无精打采地说。

四

校中的毕业考试已经开始了。我每日考毕的时节，总要走到那晚上走过的小巷后面的空地去望望，苍然直立的古槐，清澈的池水，水中的几尾小小游鱼，都已经成为我的最相熟的朋友。我到那里去的时节，是瞒着一切人的，连华桂也瞒着。

"我总能再瞧见一次罢……"

我的心中常常这样希望着，走过古槐，便是三间并列的大厦。靠左边一间的屋是常常闭着门的，我于是想象这就是我爱的少女所住的家。

这里来往的行人并不很多，所以寂寥之地，能任我徜徉。但是那一天，不幸遇着月娥了，她提着满篮的衣服，正要往河边的埠头去。

"飞哥儿，这里玩得好吗？"

"我欢喜瞧池中的鱼。"

"不是瞧鱼，瞧人罢？"月娥笑了。

"瞧人——替华桂瞧你呵！"我滑头地说。

"瞧我？好说！瞧李家的少女罢！瞧姗姗，是不是？"

我从此才知道姗姗是她的名字。

月娥遇见我以后，华桂也发现秘密了，不时跑来找我。我心里以为姗姗只许我一个人在那里等着瞧的，对于华桂之跑来，甚不满意。于是便决计不走到那古槐小池的空地上来了，心里却终不能忘情，总想——

"我应该再瞧见一次……"

毕业考试完了之后，榜出来了，我幸而还考得好，名列第二。父亲很欢喜，便筹备使我下半年到南京进中学。

同时也常有人来向父亲提起我的婚姻问题来，父亲兴高采烈，评头论足，总不满意。

"李家的女，姗姗好么？"

那一晚，我在柜台上，忽听见同父亲谈天的伙计，说出上面一句话。这是危急万分的时候到了，我便静听父亲的评判。

"美丽极了，可惜身体太弱，怕要短命。"父亲摇头地说。

这"身体太弱，怕要短命"的八个大字，轻轻地将我的心头梦想完全打消了。爱之神呵，你不要在幼稚的少年的心上，随便地撒下爱之种子罢，撒下了便任何雨打风吹终是难拔却！

我为厌恨父亲的评判，曾一个人躲着哭了几次。华桂不知道底细，以为我快要到南京去了，离不开父亲，所以悲伤。

"飞哥儿，好好地罢，到南京去读书，用功几年，做了官，再回家娶亲，娶李家的赛貂蝉，岂不威风吗？"

他不知道我的希望已轻轻地给父亲迷信的思想抹杀了。我那时只希望在动身往南京以前，能瞧见姗姗一次；或者我们能够谈话，谈一句话。

暑假过去一半了，父亲的在南京的朋友有信来催，我于是便乘了一叶扁舟，离开家乡。我对于故乡的水光山色，都没有什么留恋。只是母亲没有到店里来，临别未见，不免神伤。而且姗姗的影子，总时常在心中摇曳。甜美的希望是没有了，但几时再瞧见她一次呢？

到南京之后，因为初入中学，功课匆忙，所以无聊的梦想渐渐忘却了。次年四月，父亲来信说，华桂已辞掉，是为了与人家女仆通奸生出小孩的事。我心中不禁替不幸的月娥悲伤，而且华桂又到哪里去了呢？这有谁知道？我因此又想起姗姗，她将来竟嫁给谁呢？那样美丽而可爱的女郎！她的将来的命运是幸福，抑是悲哀？这也许只有冥冥中的神明知道。

如今，我已经八年不回到故乡。但只要独自在暮色苍然的小路上走着的时节，便不禁如梦如烟地想起姗姗，她是我的第一个恋人！虽然我们不曾谈过一句话，而且她的心中，到如今，一定还不知道世界上有爱她的我的存在！

初恋的自白

/ 胡也频

　　大约是十二岁，父亲就送我到相隔两千余里之远的外省去读书，离开家乡，不觉间已是足足的三年零四个月了。就在这一年的端午节后三日得了我母亲的信，她要我回家，于是我就非常不能耐地等着时光的过去，盼望暑假到来；并且又像得了属于苦工的赦免一般，考完试验；及到了讲演堂前面那赭色古旧的墙上，由一个正害着眼病的校役，斜斜地贴出那实授海军少将的校长的放学牌示之时，我全个的胸膛里都充满着欢喜了，差不多快乐得脸上不断地浮现着微笑。

　　从这个学校回到我的家，是经过两个大海，但是许多人都羡慕的这一次的海上风光，却被我忽略去了，因为我正在热心地思想着家乡情景。

一切的事物在眷恋中，不必是美丽的，也都成为可爱了，——尤其是对于曾偷吃过我的珍珠鸟的那只黑猫，我也宽恕它既往的过失，而生起亲切的怀念。

到了家，虽说很多的事实和所想象的相差，但那欢喜却比意料的更大了。

母亲为庆贺这家庭中新的幸福，发出了许多请帖，预备三桌酒席说是替我接风。

第二天便来了大人和小孩的男男女女的客。

在这些相熟和只能仿佛地觉得还认识的客中，我特别注意到那几个年约十二三岁的女孩子。她们在看我的眼中，虽说模样各异，却全是可爱，但是在这可爱中而觉得出众的美丽的——是我不知道叫她做什么名字的那个。

因为想起她是和我的表姨妈同来，两人相像，我就料定她也是我的表妹妹；她只有我的肩头高。

"表妹！"一直到傍晚时分，我才向她说，这时她正和一个高低相等的女孩子，躲在西边的厢房里面，折叠着纸塔玩。

听我在叫她，她侧过脸来，现出一点害羞，但随着在娇媚的脸儿上便浮起微笑。

"是不是叫你做表妹？"我顺手拿起另一张纸，也学她折叠纸塔。

她不语。

那个女孩子也不知怎的，悄悄地走开了，于是这个宽大的厢房里面只剩下两个人，我和她。

她很自然，依样低头的，用她那娇小的手指，继续着折叠那纸塔。我便跑开去，拿来我所心爱的英文练习本，把其中的漂亮的洋纸扯开，送给她，并且我自己还折了火轮船、屋子、蛤蟆和鸟儿之类的东西，也都送给她。她受了我的这些礼物，却不说出一句话来，只用她的眼光和微笑，向我致谢。

我忽然觉到，我的心原先是空的，这时才因她的眼光和微笑而充满了异样的喜悦。

她的塔折叠好了，约有一尺多高，就放在其余的纸物件中间，眼睛柔媚的斜着去看，这不禁使我小小的心儿跳动了。

"这好看，"我说，"把它送给我，行不行？"

她不说话，只用手把那个塔拿起来，放到我面前，又微笑，眼光充满着明媚。

我正想叫她一声"观音菩萨"，作为感谢，一个仆妇却跑来，并且慌慌张张地，把她拉走了，她不及拿去我送给她的那些东西。看她临走时，很不愿意离开的回望我的眼波，我惘然了，若有所失地对那些纸物件痴望。

因久等仍不见她来，我很心焦地跑到外面去找，但是在全屋子里面，差不多每一个空隙都瞧过了，终不见她的半点影子。于是，在我的母亲和女客们的谈话中间，关于她，我听到不幸的消息，那是她的父亲病在海外，家里突接到这样的信，她和她的母亲全回家去了。我心想，她今夜无论如何，是不会再到这里来上酒席了。我就懊悔到尽痴望纸塔，而不曾随她出去，在她身边，和她说我心里的话，要她莫忘记我；并且，那些纸折的东西也是应该给她的。我觉得我全然做错了。

我一个人闷闷的，又来到西厢房，看见那些小玩意儿，心更惘然了；我把它们收起，尤其是那个塔，珍重地放到小小的皮箱里去。

这一夜为我而设的酒席上面，因想念她，纵有许多男男女女的客都向我说笑，我也始终没有感到欢乐，只觉得很无聊似的；我的心情是完全被怅惘所包围着。

由是，一天天的，我的心只希望着她能够再来，看一次她的影子也好；但是这希望，无论我是如何的诚恳，如何的急切，全等于梦，渺茫的，而且不可摸捉，使得我仿佛曾受了什么很大的损失。我每日怅怅的，母亲以为我有了不适，然而我能够向她说出些什么话呢？我年纪还小，旧礼教的权威又压迫着我的全心灵，我终于撒谎了，说是因为我的肚子受了寒气。

我不能对于那失望，用一种明了的解释，我只模模糊糊地觉得，没有看见她，我是很苦恼的。

大约是第四天，或是第五天吧，那个仆妇单独地来到，说是老爷的病症更加重，太太和小姐都坐海船走了。——呵！这些话在我的耳里便变成了巨雷！我知道，我想再见到她，是不可能的事了。我永远记着这个该诅咒的日子。

始终没有和她作第二次的见面，那学校的开学日期却近了，于是我又离开家；这一次的离家依样带着留恋，但在我大部分的心中，是充满着恼恨。

在校中，每次写信给双亲的时候，我曾想——其实是因想到她，才想起给家里写信，但结果都被胆怯所制，不敢探问到她，即有时已写就了几句，也终于涂抹了，或者又连信扯碎。

第二年的夏天，我毕业了，本想借这机会回家去，好生地看望她，向她说出我许久想念她的心事；但当时却突然由校长的命令（为的我是高才生），不容人拒绝和婉却的，把我送到战舰上去实事练习了。于是，另一种新的生活，我就开始了，并且脚踪更无定，差不多整年的浮在海面，漂泊去，又漂泊来，离家也就更远了。因此，我也就更深地想念着她。

时光——这东西像无稽的梦幻，模糊的，在人的不知觉间，消去了，我就这样忽忽的，并且没有间断地在狂涛怒浪之中，足足地度过六年，我以为也像是一个星期似的。

其实，这六年，想起来是何等可怕的长久呵。在其间，尤其是在最后的那两年，因了我年纪的增长，我已明了所谓男女之间的关系了，但因这，对于我从幼小时所深印的她的影子，也随着更活泼、更鲜明，并且更觉得美丽和可爱了，我一想到她应该有所谓及笄年纪的时候，我的心就越跳跃，我愿向她这样说：我是死了，我的心烂了，我的一切都完了，我没有梦的背景和生活的希望了，倘若我不能得到你的爱！——并且我还要继续说——倘若你爱我，我的心将充满欢乐，我不死了，我富有一切，我有了美丽的梦和生活的意义，我将成为宇宙的幸福王子。……想着时，我便重新展览了用全力去珍重保存的那些纸折的物件，我简直要发狂了，我毫无顾忌地吻她的那个纸塔——我的心就重新挟击着两件东西：幸福和苦恼。

我应该补说一句：在这六年中，我的家境全变了，父亲死去，唯一的弟弟也病成瘫子，母亲因此哭瞎了眼睛……那么，关于我所想念的她，我能用什么方法去知道呢？能在我母亲面前，不说家境所遭遇的不幸，而恳恳地只关心于我所爱恋的她么？我只能常常向无涯的天海，默祷神护佑，愿她平安，快乐和美丽……

倘若我无因地想起她也许嫁人，在这时，我应该怎样说？我的神！我是一个壮者，我不畏狂涛，不畏飓风，然而我哭了，我仿佛就觉得死是美丽，唯有死才是我最适合的归宿，我是失去我的生活的一切能力了。

不过，想到她还是待人的处女的时候，我又恢复了所有生活的兴趣，我有驱逐一切魔幻的勇气，我是全然醒觉了，存在了。

总而言之，假使生命需一个主宰，那么她就是主宰我生命的神！

我的生活是建设在她上面。

然而，除了她的眼光和微笑，我能够多得一些什么？

这一直到六年之最末的那天，我离开那只战舰，回到家里的时候……

能够用什么话去形容我的心情？

我见到她（这是在表姨妈家里），她是已出嫁两年了，拖着毛芃芃黄头发不满周岁的婴儿，还像当年模样，我惊诧了，我欲狂奔去，但是我突然被了一种感觉，我又安静着；呵，只有神知道，我的心是如何地受着无形的利刃的宰割！

为了不可攻的人类的虚伪，我忘却了自己，好像真的忘却了一般，我安静而且有礼地问她好，抚摩她的小孩，她也殷勤地关心我海上的生活情况并且叹息我家境的变迁，彼此都坦然的，孜孜地说着许许多多零碎的话，差不多所想到的事件都说出了。

真的，我们的话语是像江水一般不绝地流去，但是我始终没有向她说："表妹，你还记得么，七年前你折叠的那个纸塔，还在我箱子里呢！"

水样的春愁

/ 郁达夫

洋学堂里的特殊科目之一，自然是伊利哇拉的英文。现在回想起来，虽不免有点觉得好笑，但在当时，杂在各年长的同学当中，和他们一样地曲着背，耸着肩，摇摆着身体，用了读《古文辞类纂》的腔调，高声朗诵着皮衣啤，皮哀排的精神，却真是一点儿含糊苟且之处都没有的。初学会写字母之后，大家所急于想一试的，是自己的名字的外国写法；于是教英文的先生，在课余之暇就又多了一门专为学生拼英文名字的工作。有几位想走捷径的同学，并且还去问过先生，外国《百家姓》和外国《三字经》有没有得买的？先生笑着回答说，外国《百家姓》和《三字经》，就只有你们在读的那一本泼剌玛的时候，同学们于失望之余，反更是皮哀排，皮衣啤地叫得起劲。当然是不用说的，学英文还没有到一个礼拜，几本当教科书用的《十三经注疏》《御批通鉴辑览》的黄封面上，大家都各自用墨水笔题上了英文拼的歪斜的名字。又进一步，便是用了异样的发音，操英文说着"你是一只狗""我是你的父亲"之类的话，大家互讨便宜地混战；而实际上，有几位乡下的同学，却已经真的是两三个小孩子的父亲了。

因为一班之中，我的年龄算最小，所以自修室里，当监课的先生走后，另外的同学们在密语着哄笑着的关于男女的问题，我简直一点儿也感不到兴趣。从性知识发育落后的一点上说，我确不得不承认自己是一个最低能的人。又因自小就习于孤独，困于家境的结果，怕羞的心，畏缩的性，更使我的胆量，变得异常地小。在课堂上，坐在我左边的一位同学，年纪只比我大了一岁，他家里有几位相貌长得和他一样美的姊妹，并且住得也和学堂很近很近。因此，在校里，他就是被同学们苦缠得最厉害的一个；而礼拜天或假日，他的家里，就成了同学们的聚集的地方。当课余之暇，或放假期里，他原也恳切地邀过我几次，邀我上他家里去玩去；但形秽之感，终于把我的向往之心压住，曾有好几次想决心跟了他上他家去，可是到了他们的门口，却又同罪犯似的逃了。他以他的美貌，以他的财富和姊妹，不但在学堂里博得了绝大的声势，就是在我们那小小的县城里，也赢得了一般的好誉。而尤其使我羡慕的，是他的那一种对同我们是同年辈的异性们的周旋才略，当时我们县城里的几位相貌比较艳丽一点的女性，个个是和他要好的，但他也实在真胆大，真会取巧。

当时同我们是同年辈的女性，装饰入时，态度豁达，为大家所称道的，有三个。一个是一位在上海开店，富甲一邑的商人赵某的侄女；她住得和我最近。还有两个，也是比较富有的中产人家的女儿，在交通不便的当时，已经各跟了她们家里的亲戚，到杭州上海等地方去跑跑了；她们俩，却都是我那位同学的邻居。这三个女性的门前，当傍晚的时候，或月明的中夜，老有一个一个的黑影在徘徊；这些黑影的当中，有不少都是我们的同学。因为每到礼拜一的早晨，没有上课之先，我老听见有同学们在操场上笑说在一道，并且时时还高声地用着英文作了隐语，如"我看见她了！""我听见她在读书"之类。而无论在什么地方于什么时候的凡关于这一类的谈话的中心人物，总是课堂上坐在我的左边，年龄只比我大一岁的那一位天之骄子。

赵家的那位少女，皮色实在细白不过，脸形是瓜子脸；更因为她家里有了几个钱，而又时常上上海她叔父那里去走动的缘故，衣服式样的新异，自然可以不必说，就是做衣服的材料之类，也都是当时未开通的我们所不曾见过的。她们家里，只有一位寡母和一个年轻的女仆，而住的房子却很大很大。门前是一排柳树，柳树下还杂种着些鲜花；对面的一带红墙，是学宫的泮水围墙，泮池上的大树，枝叶垂到了墙外，红绿便映成着一色。当浓春将过，首夏初来的春三四月，脚踏着日光下石砌路上的树影，手捉着扑面飞舞的杨花，到这一条路上去走走，就是没有什么另外的奢望，也很有点像梦里的游行，更何况楼头窗里，时常会有那一张少女的粉脸出来向你抛一眼两眼的低眉斜视呢！

此外的两个女性，相貌更是完整，衣饰也尽够美丽，并且因为她俩的住址接近，出来总在一道，平时在家，也老在一处，所以胆子也大，认识的人也多。她们在二十余年前的当时，已经是开放得很，有点像现代的自由女子了，因而上她们家里去鬼混，或到她们门前去守望的青年，数目特别地多，种类也自然要杂。

我虽则胆量很小，性知识完全没有，并且也有点过分的矜持，以为成日地和女孩子们混在一道，是读书人的大耻，是没出息的行为；但到底还是一个亚当的后裔，喉头的苹果，怎么也吐它不出咽它不下，同北方厚雪地下的细草萌芽一样，到得冬来，自然也难免得有些望春之意；老实说将出来，我偶尔在路上遇见她们中间的无论哪一个，或凑巧在她们门前走过一次的时候，心里也着实有点儿难受。

住在我那同学邻近的两位，因为距离的关系，更因为她们的处世知识比我长进，人生经验比我老成得多，和我那位同学当然是早已有过纠葛，就是和许多不是学生的青年男子，也各已有了种种的风说，对于我虽像是一种含有毒汁的妖艳的花，诱惑性或许格外地强烈，但明知我自己绝不是她们的对手，平时不过于遇见的时候有点难为情的样子，此外倒也没有什么了不得的思慕，可是那一位赵家的少女，却整整地恼乱了我两年的童心。

我和她的住处比较得近，故而三日两头，总有着见面的机会。见面的时候，她或许是无心，只同对于其他的同年辈的男孩子打招呼一样，对我微笑一下，点一点头，但在我却感得同犯了大罪被人发觉的样子，和她见面一次，马上要变得头昏耳热，胸腔里的一颗心突突地总有半个钟头好跳。因此，我上学去或下课回来，以及平时在家或出外去的时候，总无时无刻不在留心，想避去和她的相见。但遇到了她，等她走过去后，或用功用得很疲乏把眼睛从书本子举起的一瞬间，心里又老在盼望，盼望着她再来一次，再上我的眼面前来立着对我微笑一脸。

有时候从家中进出的人的口里传来，听说"她和她母亲又上上海去了，不知要什么时候回来？"我心里会同时感到一种像释重负又像失去了什么似的忧虑，生怕她从此一去，将永久地不回来了。

同芭蕉叶似的重重包裹着的我这一颗无邪的心，不知在什么地方，透露了消息，终于被课堂上坐在我左边的那位同学看穿了。一个礼拜六的下午，落课之后，他轻轻地拉着了我的手对我说："今天下午，赵家的那个小丫头，要上倩儿家去，你愿不愿意和我同去一道玩儿？"这里所说的倩儿，就是那两位他邻居的女孩子之中的一个的名字。我听了他的这一句密语，立时就涨红了脸，喘急了气，嗫嚅着说不出一句话来回答他，尽在拼命地摇头，表示我不愿意去，同时眼睛里也水汪汪地想哭出来的样子，而他却似乎已经看破了我的隐衷，得着了我的同意似的用强力把我拖出了校门。

到了倩儿她们的门口，当然又是一番争执，但经他大声地一喊，门里的三个女孩，却同时笑着跑出来了；已经到了她们的面前，我也没有什么别的办法了，自然只好俯着首，红着脸，同被绑赴刑场的死刑囚似的跟她们到了室内。经我那位同学带了滑稽的声调将如何把我拖来的情节说了一遍之后，她们接着就是一阵大笑。我心里有点气起来了，以为她们和他在侮辱我，所以于羞愧之上，又加了一层怒意。但是奇怪得很，两只脚却软落来了，心里虽在想一溜跑走，而腿神经终于不听命令。跟她们再到客房里去坐下，看他们四人捏起了骨牌，我连想跑的心思也早已忘掉，坐将在我那位同学的背后，眼睛虽则时时在注视着牌，但间或得着机会，也着实向她们的脸部偷看了许多次数。等她们的输赢赌完，一餐东道的夜饭吃过，我也居然和她们伴熟，有说有笑了。临走的时候，倩儿的母亲还派了我一个差使，点上灯笼，要我把赵家的女孩送回家去。自从这一回后，我也居然入了我那同学的伙，不时上赵家和另外的两女孩家去进出了；可是生来胆小，又加以毕业考试的将次到来，我的和她们的来往，终没有像我那位同学似的繁密。

正当我十四岁的那一年春天（一九〇九，宣统元年己酉），是旧历正月十三的晚上，学堂里于白天给予了我以毕业文凭及增生执照之后，就在大厅上摆起了五桌送别毕业生的酒宴。这一晚的月亮好得很，天气也温暖得像二三月的样子。满城的爆竹，是在庆祝新年的上灯佳节，我于喝了几杯酒后，心里也感到了一种不能抑制的欢欣。出了校门，踏着月亮，我的双脚，便自然而然地走向了赵家。她们的女仆陪她母亲上街去买蜡烛水果等过元宵的物品去了，推门进去，我只见她一个人拖着了一条长长的辫子，坐在大厅上的桌子边上洋灯底下练习写字。听见了我的脚步声音，她头也不朝转来，只曼声地问了一声："是谁？"我故意屏着声，提着脚，轻轻地走上了她的背后，一使劲一口就把她面前的那盏洋灯吹灭了。月光如潮水似的浸满了这一座朝南的大厅，她于一声高叫之后，马上就把头朝了转来。我在月光里看见了她那张大理石似的嫩脸，和黑水晶似的眼睛，觉得怎么也熬忍不住了，顺势就伸出了两只手去，捏住了她的手臂。两人的中间，她也不发一语，我也并无一言，她是扭转了身坐着，我是向她立着的。她只微笑着看看我看看月亮，我也只微笑着看看她看看中庭的空处，虽然此处的动作，轻薄的邪念，明显的表示，一点儿也没有，但不晓怎样一股满足，深沉，陶醉的感觉，竟同四周的月亮一样，包满了我的全身。

两人这样的在月光里沉默着相对，不知过了多久，终于她轻轻地开始说话了："今晚上你在喝酒？""是的，是在学堂里喝的。"到这里我才放开了两手，向她边上的一张椅子里坐了下去。"明天你就要上杭州去考中学去么？"停了一会儿，她又轻轻地问了一声。"嗳，是的，明朝坐快班船去。"两人又沉默着，不知坐了几多时候，忽听见门外头她母亲和女仆说话的声音渐渐儿地近了，她于是就忙着立起来擦洋火，点上了洋灯。

她母亲进到了厅上，放下了买来的物品，先向我说了些道贺的话，我也告诉了她，明天将离开故乡到杭州去；谈不上半点钟的闲话，我就匆匆告辞出来了。在柳树影里披了月光走回家来，我一边回味着刚才在月光里和她两人相对时的沉醉似的恍惚，一边在心的底里，忽儿又感到了一点极淡极淡，同水一样的春愁。

春野

/ 陆蠡

江风吹过寂寞的春野。

是余寒未消的孟春之月。

本来，

我们不是牵上双手么？

沿着没有路径的江边走去，目送着足畔的浪花，小蟹从石缝中出来，见人复迅速逃避。

畦间的菜花正开。

走到远古废的江台前面，我们回来，互相握紧着双手。

江风吹过葱茏的春野。

是微燠的仲春之月。

本来，

我们不是靠坐在一起，在这倾斜的坡前？

我们是无言，我们拈拨着地上的花草：紫花地丁，蒲公英，莎草，车前。

当我看见了白花的地丁而惊异的算是一种空前的发现时，你笑我，因为你随手便抓来几朵了。这并不是稀珍的品种。

将窃衣的果实散在你的头发上，像吸血的牛蝇粘住拉不松去。

你懊怒了。

用莎草的细梗在地面的小圆洞洞里钓出一条大的肥白的虫来，会使你吓一大跳。我原是野孩子出身啊！

蒲公英的白浆，在你的指上变黑了。

江风吹着苍郁的春野。

春已暮。

本来，我们不是并肩立在一起，遥数着不知名的冢上的纸幡？

纸钱的灰在风中飞舞。过了清明了。

在林中的一角，我们说过相爱的话。

不，我们只不过说过互相喜悦的话罢了。

你的平洁的额际的明眸，令人想起高的天和深的湖水。我在你的瞳睛中照见我自己的脸，我爱你的眸子啊！

你也在望着我的眼睛，但它们是鲁钝、板滞、蒙眬。

"我便爱你这板滞和蒙眬啊！"

感谢你给我的幸福。

江风吹过寥落的春野。

过了一年，两年，十年，我们都分散了。

也许我们遇见竟不会相识。

现在，

只有我一人踏过这熟识的春野。

我知道这郊野的每一个方角。且喜这山间没有伸进都市的触角来呢。那边是石桥，一块石板已塌到水里去了。那边有一株树，表皮上刻着我不欢喜的而你也不欢喜的字，随着树皮拉长开来，怪难看的——因此我恨削铅笔的小刀，到现在我都没有买过一把——目前也许拉得更长了。还有被我们烧野火时燔毁了的石条，缝中长出了荆棘罢。

雨后润湿的土地，留下我的脚印。印在这土地上的，只有我的孤单的脚印。

豌豆的花正开。

脸上扑过不知名的带着绒毛的花的种子。

高的天和深的湖水令我想起你的眼睛来呢。

我仍是赍负着这板滞的蒙眬的眼睛。红丝笼上了它们的巩膜。不久，我会失去这蒙眬的眼睛，随着我的所有。

我会忧郁么？不，既然你是幸福。

我不过偶然来这郊原罢了。

一九三五年

无题

/ 老舍

人是为明天活着的，因为记忆中有朝阳晓露。假若过去的早晨都似地狱那么黑暗丑恶，盼明天干吗呢？是的，记忆中也有痛苦危险，可是希望会把过去的恐怖裹上一层糖衣，像看着一出悲剧似的，苦中有些甜美。无论怎么说吧，过去的一切都不可移动，实在，所以可靠；明天的渺茫全仗昨天的实在撑持着，新梦是旧事的拆洗缝补。

对了，我记得她的眼。她死了许多年了，她的眼还活着，在我的心里。这对眼睛替我看守着爱情。当我忙得忘了许多事，甚至于忘了她，这两只眼会忽然在一朵云中，或一汪水里，或一瓣花上，或一线光中，轻轻地一闪，像归燕的翅儿，只需一闪，我便感到无限的春光。我立刻就回到那梦境中，哪一件小事都凄凉，甜美，如同独自在春月下踏着落花。

这双眼所引起的一点爱火，只是极纯的一个小火苗，像心中的一点晚霞，晚霞的结晶。它可以烧明了流水远山，照明了春花秋叶，给海浪一些金光，可是它恰好的也能在我心中，照明了我的泪珠。

它们只有两个神情：一个是凝视，极短极快，可是千真万确的是凝视。只微微的一看，就看到我的灵魂，把一切都无声地告诉了给我。凝视，一点也不错，我知道她只需极短极快地一看，看的动作过去了，极快地过去了，可是，她心里看着我呢，不定看多么久呢；我到底得管这叫作凝视，不论它是多么快，多么短。一切的诗文都用不着，这一眼道尽了"爱"所会说的与所会作的。另一个是眼珠横着一移动，由微笑移动到微笑里去，在处女的尊严中笑出一点点被爱逗出的轻佻，由热情中笑出一点点无法抑制的高兴。

我没和她说过一句话，没握过一次手，见面连点头都不点。可是我的一切，她知道；她的一切，我知道。我们用不着看彼此的服装，用不着打听彼此的身世，我们一眼看到一粒珍珠，藏在彼此的心里；这一点点便是我们的一切，那些七零八碎的东西都是配搭，都无须注意。看我一眼，她低着头轻快地走过去，把一点微笑留在她身后的空气中，像太阳落后还留下一些明霞。

我们彼此躲避着，同时彼此愿马上搂抱在一处。我们轻轻地哀叹；忽然遇见了，那么凝视一下，登时欢喜起来，身上像减了分量，每一步都走得轻快有力，像要跳起来的样子。

我们极愿意说一句话，可是我们很怕交谈，说什么呢？哪一个日常的俗字能道出我们的心事呢？让我们不开口，永不开口吧！我们的对视与微笑是永生的，是完全的，其余的一切都是破碎微弱，不值得一作的。

我们分离有许多年了，她还是那么秀美，那么多情，在我的心里。她将永远不老，永远只向我一个人微笑。在我的梦中，我常常看见她，一个甜美的梦是最真实，最纯洁，最完美的。多少多少人生中的小困苦小折磨使我丧气，使我轻看生命。可是，那个微笑与眼神忽然的从哪儿飞来，我想起唯有"人面桃花相映红"差可托拟的一点心情与境界，我忘了困苦，我不再丧气，我恢复了青春；无疑的，我在她的洁白的梦中，必定还是个美少年呀。

春在燕的翅上，把春光颤得更明了一些，同样，我的青春在她的眼里，永远使我的血温暖，像土中的一颗籽粒，永远想发出一个小小的绿芽。一粒小豆那么小的一点爱情，眼珠一移，嘴唇一动，日月都没有了作用，到无论什么时候，我们总是一对刚开开的春花。

不要再说什么，不要再说什么！我的烦恼也是香甜的呀，因为她那么看过我！

初恋

/ 周作人

那时我十四岁，她大约是十三岁罢。我跟着祖父的妾宋姨太太寄寓在杭州的花牌楼，间壁住着一家姚姓，她便是那家的女儿。

伊本姓杨，住在清波门头，大约因为行三，人家都称她作三姑娘。姚家老夫妇没有子女，便认她做干女儿，一个月里有二十多天住在他们家里，宋姨太太和远邻的羊肉店石家的媳妇虽然很说得来，与姚宅的老妇却感情很坏，彼此都不交口，但是三姑娘并不管这些事，仍旧推进门来游嬉。她大抵先到楼上去，同宋姨太太搭讪一回，随后走下楼来，站在我同仆人阮升公用的一张板桌旁边，抱着名叫"三花"的一只大猫，看我映写陆润庠的木刻的字帖。

我不曾和她谈过一句话，也不曾仔细地看过她的面貌与姿态。大约我在那时已经很是近视，但是还有一层缘故，虽然非意识的对于她很是感到亲近，一面却似乎为她的光辉所掩，开不起眼来去端详她了。在此刻回想起来，仿佛是一个尖面庞，乌眼睛，瘦小身材，而且有尖小的脚的少女，并没有什么殊胜的地方，但在我的性的生活里总是第一个人，使我于自己以外感到对于别人的爱着，引起我没有明了的性的概念的，对于异性的恋慕的第一个人了。

我在那时候当然是"丑小鸭"，自己也是知道的，但是终不以此而减灭我的热情。每逢她抱着猫来看我写字，我便不自觉地振作起来，用了平常所无的努力去映写，感着一种无所希求迷蒙的喜乐。并不问她是否爱我，或者也还不知道自己是爱着她，总之对于她的存在感到亲近喜悦，并且愿为她有所尽力，这是当时实在的心情，也是她所给我的赐物了。在她是怎样不能知道，自己的情绪大约只是淡淡的一种恋慕，始终没有想到男女夫妇的问题。有一天晚上，宋姨太太忽然又发表对于姚姓的憎恨，末了说道："阿三那小东西，也不是好东西，将来总要流落到拱辰桥去做婊子的。"

我不很明白做婊子这些是什么事情，但当时听了心里想道："她如果真是流落做了婊子，我必定去救她出来。"

大半年的光阴这样的消费过去了。到了七八月里因为母亲生病，我便离开杭州回家去了。一个月以后，阮升告假回去，顺便到我家里，说起花牌楼的事情，说道："杨家的三姑娘患霍乱死了。"

我那时也很觉得不快，想象她的悲惨的死相，但同时却又似乎很是安静，仿佛心里有一块大石头已经放下了。

花巷

/ 冯骥才

头一次来到杭州市的我，只认得她。

还有，诗里书里照片里常见的那湿蒙蒙的风景。

以前，一想到她——她的形影总是混在这片朦胧又柔和的风景里。

这是一种想象。想象总比现实美，会不会有比想象更美的现实？

女人最善于用想象创造现实。因此她第一次伴我游览西湖，选择晚间到苏堤上漫步。她的轮廓常常恍恍惚惚地消融在黑黑的夜色里，又一下子给月光照亮的湖水清晰地映衬出来。她的脸模糊得像一团雾，目光却像远处的灯光那样忽然粲然一闪……一直走到堤上无人，月在中天。她约我明天傍晚去她家，然后告诉我一条街道的名字。我问她门牌号数，她说在一条巷子里。我又问这巷子的名称。

她神秘地说："你闻到空气里有什么气味吗？"

我吸一吸鼻子说："闻到了，是一种花香，挺特别，很淡，不过又很浓厚……"

她绽开笑容说："好了，只要你在那条街上闻到这种花味，就是我的巷子。巷子尽头的一个小门，就是我的家。"

第二天傍晚，我找到那条街，便开始寻昨夜那香味。我忽然有点紧张，好像把那香味忘了。我向一群孩子打听，孩子们都笑了。他们说这街上有好多巷子，每条巷子都开满花，都香，你说的是哪种花？什么味儿？

我更茫然。似乎把那花连同她一起丢掉了。原来用鼻子记事这么不可靠。

我从街这端一直走到那端，来回两遍。街上竟有这么多巷子，每条巷子都像花的甬道。一条红、一条黄、一条紫或一条雪白。我在每条巷口都吸一吸鼻子。花的种类不一样，不同的花喷溢出不同的香味，把我的嗅觉完全搞乱了。

直到天暗下来，万物消形，没了色彩。我疲惫不堪地坐在路边道沿上，失去信心，只是还不甘心返回旅店。忽然……一种淡淡的熟悉的香味，从背后飘来，好似蹑手蹑脚到我身后，轻轻将我拢住。我一回头，一阵浓浓的芬芳扑在我脸上。这就是属于我的那花香呀。我眼前渐渐出现一条幽蓝幽蓝深长的巷子，巷子两边，白晃晃，满是花，正是她的巷子！

奇怪，为什么刚刚来回几次都没闻到这花香？难道它像夜来香那样，入夜才散放芳香？难道它只有等着你苦苦寻求时，才悄悄出现？

我走进巷子，蓝色的夜凉如水，从我面颊和臂膀旁滑溜溜地流过。我整个身子融入这深巷，也就融入这浓得化不开的芬芳里。我记得她的话——巷子尽头是她家。我一直往里走，感觉自己像一只蜜蜂，钻进一个巨大、柔美、香喷喷的花蕊里……渐渐地，我一点点看见，巷子尽头站着一个人，浅浅一条长裙。她大概在这里默立许久，却相信我一定会来。

这是太久太久的事了。对于这条花巷以及那特有的香味，偶尔还会动心地想起。但我不会再来，因为世上不会再有那样的女孩了。

迈耶一家

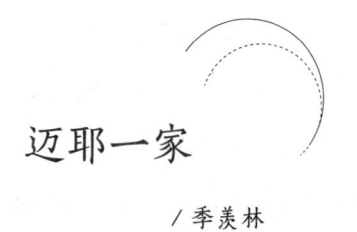

/ 季羡林

迈耶一家同我住在一条街上，相距不远。我现在已经记不清楚，我是怎样认识他们的。可能是由于田德望住在那里，我去看田，从而就认识了。田走后，又有中国留学生住在那里，三来两往，就成了熟人。

他们家有老夫妇俩和两个如花似玉的女儿。老头同我的男房东欧朴尔先生非常相像，两个人原来都是大胖子，后来饿瘦了。脾气简直是一模一样，老实巴交，不会说话，也很少说话。在人多的时候，呆坐在旁边，一言不发，脸上却总是挂着憨厚的微笑。这样的人，一看就知道，他绝不会撒谎、骗人。他也是一个小职员，天天忙着上班、干活。后来退休了，整天待在家里，不大出来活动。家庭中执掌大权的是他的太太。她同我的女房东年龄差不多，但是言谈举动，两人却不大一样。迈耶太太似乎更活泼，更能说会道，更善于应对进退，更擅长交际。据我所知，她待中国学生也是非常友好的。住在她家里的中国学生同她关系都处得非常好。她也是一个典型的德国妇女，家庭中一切杂活她都包了下来。她给中国学生做的事情，同我的女房东一模一样。我每次到她家去，总看到她忙忙碌碌，里里外外连轴转。但她总是喜笑颜开，我从来没有看到她愁眉苦脸过。他们家是一个非常愉快美满的家庭。

我同他们家来往比较多，还有另外一个原因。在我写作博士论文的那几年中，我用德文写成稿子，在送给教授看之前，必须用打字机打成清稿；而我自己既没有打字机，也不会打字。因为屡次反复修改，打字量是非常大的。适逢迈耶家的大小姐伊姆加德(Irmgard)能打字，又自己有打字机，而且她还愿意帮我打。于是，有很长的一段时间，我几乎天天晚上到她家去。因为原稿改得太乱，而且论文内容稀奇古怪，对伊姆加德来说，简直像天书一般。因此，她打字时，我必须坐在旁边，以备咨询。这样往往工作到深夜，我才摸黑回家。

我考试完结以后，打论文的任务完全结束了。但是，在我仍然留在德国的四五年间，我自己又写了几篇论文，所以一直到我于一九四五年离开德国时，还经常到伊姆加德家里去打字。她家里有什么喜庆日子，招待客人吃点心，吃茶，我必被邀请参加。特别是在她生日的那一天，我一定去祝贺。她母亲安排座位时，总让我坐在她旁边。此时，留在哥廷根的中国学生越来越少。以前星期日总在席勒草坪会面的几个好友都已走了。我一个人形单影只，寂寞之感，时来袭人。我也乐得到迈耶家去享受一点友情之乐，在战争喧闹声中，寻得一点清静。这在当时是非常难能可贵的。至今记忆犹新，恍如昨日。

在这样的情况下，我离开迈耶一家，离开伊姆加德，心里是什么滋味，完全可以想象。一九四五年九月二十四日，我在日记里写道：

吃过晚饭，七点半到 Meyer 家去，同 Irmgard 打字。她劝我不要离开德国。她今天晚上特别活泼可爱。我真有点舍不得离开她。但又有什么办法？像我这样一个人不配爱她这样一个美丽的女孩子。

同年十月二日，在我离开哥廷根的前四天，我在日记里写道：

回到家来，吃过午饭，校阅稿子。三点到 Meyer 家，把稿子打完。Irmgard 只是依依不舍，令我不知怎样好。

日记是当时的真实记录，不是我今天的回想；是代表我当时的感情，不是今天的感情。我就是怀着这样的感情离开迈耶一家，离开伊姆加德的。到了瑞士，我同她通过几次信，回国以后，就断了音问。说我不想她，那不是真话。一九八三年，我回到哥廷根时，曾打听过她，当然是杳如黄鹤。如果她还留在人间的话，恐怕也将近古稀之年了。而今我已垂垂老矣。世界上还能想到她的人恐怕不会太多。等到我不能想到她的时候，世界上能想到她的人，恐怕就没有了。

初恋杂感

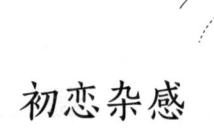

/ 梁晓声

我的初恋发生在北大荒。

许多读者总以为我小说中的某个女性，是我恋人的影子。那就大错特错了。她们仅是一些文学加工了的知青形象而已。是很理想化了的女性。她们的存在，只证明作为一个男人，我喜爱温柔的、善良的、性格内向的、情感纯真的女性。

有位青年评论家曾著文，专门研究和探讨一批男性知青作家笔底下的女性形象，发现他们（当然包括我）倾注感情着力刻画的年轻女性，尽管千差万别，但大抵如是。我认为这是表现在一代人的情爱史上惨淡的文化现象和倾向。开朗活泼的性格，对于年轻的女性，当年太容易成为指责与批评的目标。在

061

和时代的对抗中，最终妥协的大抵是她们自己。

文章又进一步论证，纵观大多数男性作家笔下缱绻呼出的女性，似乎足以得出结论——在情爱方面，一代知青是失落了的。

我认为这个结论是大致正确的。

我那个连队，有一排宿舍——破仓库改建的，东倒西歪。中间是过廊，将它一分为二。左面住男知青，右面住女知青。除了开会，互不往来。

幸而知青少，不得不混编排，劳动还往往在一块儿。既一块儿劳动，便少不了说说笑笑，却极有分寸，任谁也不敢超越。男女知青打打闹闹，是违反行为规范和道德准则的，是要受批评的。

但毕竟都是少男少女，情萌心动，在所难免，却都抑制着。对于当年的我们，政治荣誉是第一位的，情爱不知排在第几位。

星期日，倘到别人的连队去看同学，男知青可以与男知青结伴而行，不可与女知青结伴而行。为防止半路汇合，偷偷结伴，实行了"批条制"——离开连队，由连长或指导员批条，到了某一连队，由某一连队的连长或指导员签字。路上时间过长，便遭讯问——哪里去了？刚刚批准了男知青，那么随后请求批条的女知青必定在两小时后才能获准。堵住一切"可乘之机"。

如上所述，我的初恋于我实在是种"幸运"，也实在是偶然降临的。

那时我是位尽职尽责的小学教师，二十三岁，已当过班长、排长，获得过"五好战士"证书，参加过"学习毛主席著作积极分子代表大会"。但没爱过。

我探家回到连队，正是九月，大宿舍修火炕，我那二尺宽的炕面被扒了，还没抹泥。我正愁无处睡，卫生所的戴医生来找我——她是黑河医校毕业的，二十七岁，在我眼中是老大姐。我的成人意识确立得很晚。

她说她回黑河结婚。她说她走之后，卫生所只剩卫生员小董一人，守着四间屋子，她有点不放心。卫生所后面就是麦场，麦场后面就是山了。她说小董自己觉得挺害怕的，最后她问我愿不愿在卫生所暂住一段日子，住到她回来。

我犹豫，顾虑重重。她说："第一，你是男的，比女的更能给小董壮壮胆。第二，你是教师，我信任。第三，这件事已跟连里请求过，连里同意。"我便打消了重重顾虑，表示愿意。那时我还没跟小董说过话。卫生所一个房间是药房（兼作戴医生和小董的卧室），一个房间是门诊室，一个房间是临时看护室（只有两个床位），第四个房间是注射室消毒室蒸馏室。四个房间都不大。我住临时看护室，每晚与小董之间隔着门诊室。

除了第一天和小董之间说过几句话，在头一个星期内，我们几乎就没交谈过，甚至没打过几次照面。因为她起得比我早，我去上课时，她已坐在药房兼她的卧室里看医药书籍了。她很爱她的工作，很有上进心，巴望着轮到她参加团卫生员集训班，毕业后由卫生员转为医生。下午，我大部分时间仍回大宿舍备课——除了病号，知青都出工去了，大宿舍里很安静。往往是晚上十点以后回卫生所睡觉。

"梁老师，回来没有？"

小董照例在她的房间里大声问。

"回来了！"

我照例在我的房间里如此回答。

"还出去么？"

"不出去了。"

"那我插门啦？"

"插门吧。"

于是门一插上，卫生所自成一统。她不到我的房间里来，我也不到她的房间里去。

"梁老师！"

"什么事？"

"我的手表停了。现在几点了？"

"差五分十一点。你还没睡？"

"没睡。"

"干什么呐？"

"织毛衣呢！"

我清清楚楚地记得，只有那一次，我们隔着一个房间，在晚上差五分十一点的时候，大声交谈了一次。

我们似乎谁也不会主动接近谁。我的存在，不过是为她壮胆，好比一条警觉的野狗——仅仅是为她壮胆。仿佛有谁暗中监视着我们的一举一动，使我们不得接近，亦不敢贸然接近。

065

但正是这种主要由我们双方拘谨心理营造成的并不自然的情况，反倒使我们彼此暗暗产生了最初的好感。因为那种拘谨心理，最是特定年代中一代人的特定心理，一种荒谬的道德原则规范了的行为。如果我对她表现得过于主动亲近，她则大有可能猜疑我"居心不良"。如果她对我表现得过于主动亲近，我则大有可能视她为一个轻浮的姑娘。其实我们都想接近，想交谈，想彼此了解。

小董是牡丹江市知青，在她眼里，我也属于大城市知青，在我眼里，她并不美丽，也谈不上漂亮。我并不被她的外貌吸引。

每天我起来时，炉上总是有一盆她为我热的洗脸水。接连几天，我便很过意不去。于是有天我也早早起身，想照样为她热盆洗脸水。结果我们同时走出各自的住室。她让我先洗，我让她先洗，我们都有点不好意思。

那一天中午我回到住室，见早晨没来得及叠的被子叠得整整齐齐，房间打扫过了，枕巾有人替我洗了，晾在衣绳上。窗上，还有人替我做了半截纱布窗帘。放了一瓶野花。桌上，多了一只暖瓶，两只带盖的瓷杯，都是带大红喜字的那一种。我们连队供销社只有两种暖瓶和瓷杯可卖。一种是带"语录"的，一种是带大红喜字的。

我顿觉那临时栖身的看护室，有了某种温馨的家庭气氛。甚至由于三个耀眼的大红喜字，有了某种新房的气氛。

我在地上发现了一截姑娘们用来扎短辫的曲卷着的红色塑料绳。那无疑是小董的。至今我仍不知道，那是不是她故意丢在地上的。我从没问过她。

我捡起那截塑料绳，萌生起一股年轻人的柔情。受一种莫名其妙的心理支配，我走到她的房间，当面还给她那截塑料绳。那是我第一次走入她的房间。我腼腆地说："是你丢的吧？"她说："是。"我又说："谢谢你替我叠了被子，还替我洗了枕巾……"她低下头说："那有什么可谢的……"我发现她穿了一身草绿色的女军装——当年在知青中，那是很时髦的。还发现她穿的是一双半新的有跟的黑色皮鞋。我心如鹿撞，感到正受着一种诱惑。她轻声说："你坐会儿吧。"我说："不……"立刻转身逃走。回到自己的房间，心仍直跳，久久难以平复。晚上，卫生所关了门以后，我借口胃疼，向她讨药。趁机留下纸条，写的是——我希望和你谈一谈，在门诊室。我都没有勇气写"在我的房间"。一会儿，她悄悄地出现在我面前。我们也不敢开着灯谈，怕突然有人来找她看病，从外面一眼发现我们深更半夜地还待在一个房间里……

黑暗中，她坐在桌子这一端，我坐在桌子那一端，东一句，西一句，不着边际地谈。从那一天起，我算多少了解了她一些：她自幼失去父母，是哥哥抚养大的。我告诉她我也是在穷困的生活环境中长大的。她说她看得出来，因为我很少穿件新衣服。她说她脚上那双皮鞋，是下乡前她嫂子给她的，平时舍不得穿……

我给她背我平时写的一首首小诗。给她背我记在日记中的某些思想和情感片段——那本日记是从不敢被任何人发现的……

她是我的第一个"读者"。

从那一天起，我们都觉得我们之间建立了一种亲密的关系。

她到别的连队去出夜诊，我暗暗送她，暗暗接她。如果在白天，我接到她，我们就双双爬上一座山，在山坡上坐一会儿，算是"幽会"，却不能太久，还得分路回连队。

我们相爱了，拥抱过，亲吻过，海誓山盟过。都稚气地认为，各自的心灵从此有了可靠的依托。我们都是那样地被自己所感动，亦被对方所感动。觉得在这个大千世界之中，能够爱一个人并被一个人所爱，是多么幸福多么美好！但我们都没有想到过没有谈起过结婚以及做妻子做丈夫那么遥远的事，那仿佛的确是太遥远的未来的事。连爱都是"大逆不道"的，那种原本合情合理的想法，却好像是童话……

爱是遮掩不住的。

后来就有了流言蜚语，我想提前搬回大宿舍。但那等于"此地无银三百两"。继续住在卫生所，我们便都得继续承受种种投射到我们身上的幸灾乐祸的目光。舆论往往更沉重地落在女性一方。

后来领导找我谈话，我矢口否认——我无论如何不能承认我爱她，更不能声明她爱我。不久她被调到了另一个连队。我因有着我们小学校长的庇护，除了那次含蓄的谈话，并未受到怎样的伤害。你连替你所爱的人承受伤害的能力都没有，这真是令人难堪的事！后来，我乞求一个朋友帮忙，在两个连队间的一片树林里，又见到了她一面。那一天淅淅沥沥地下着雨，我们的衣服都湿透了。我们拥抱在一起流泪不止……后来我调到了团宣传股。离她的连队一百多里，再见一面更难了……我曾托人给她捎过信，却没有收到过她的回信。我以为她是想要忘掉我……一年后我被推荐上了大学。据说我离开团里的那一天，她赶到了团里，想见我一面，因为拖拉机半路出了故障，没见着我……一九八三年，《这是一片神奇的土地》获奖，在读者来信中，有一封竟是她写给我的！

算起来，我们相爱已是十年前的事了。

我当即给她写了封很长的信，装信封时，即发现她的信封上，根本没写地址。我奇怪了，反复看那封信。信中只写着她如今在一座矿山当医生，丈夫病故了，给她留下了两个孩子……最后发现，信纸背面还有一行字，写的是——想来你已经结婚了，所以请原谅我不给你留下通信地址。一切已经过去，保留在记忆中吧！接受我的衷心的祝福！

信已写就，不寄心不甘。细辨邮戳，有"桦川县"字样。便将信寄往黑龙江桦川县卫生局，请代查卫生局可有这个人，然而空谷无音。初恋所以令人难忘，盖因纯情耳！纯情原本与青春为伴。青春已逝，纯情也就不复存在了。如今人们都说我成熟了，自己也常这么觉得。近读青年评论家吴亮的《冥想与独白》，有一段话使我震慑——

"大概我们已痛感成熟的衰老和污秽……事实上纯真早已不可复得，唯一可以自慰的是我们还未泯灭向往纯真的天性。我们丢失的何止纯真一项？我们大大地亵渎了纯真，还感慨纯真的丧失，怕的是遭受天谴——我们想得如此周到，足见我们将永远地远离纯真了。号啕大哭吧，不再纯真又渴望纯真的人！"

他正是写的我这类人。

日本子弟芸、
人間吾者達遠

第二章

纸短情长
吻你万千

我行过许多地方的桥，
看过许多次数的云，
喝过许多种类的酒，
却只爱过一个正当
最好年龄的人。

由达园致张兆和

/ 沈从文

三三：

你们想一定很快要放假了。我要玖到××来看看你，我说："玖，你去为我看看三三，等于我自己见到了她。去时高兴一点，因为哥哥是以见到三三为幸福的。"不知道玖来过没有？玖大约秋天要到北平女子大学学音乐，我预备秋天到青岛去。这两个地方都不像上海，你们将来有机会时，很可以到各处去看看。北平地方是非常好的，历史上为保留下一些有意义极美丽的东西，物质生活极低，人极和平，春天各处可放风筝，夏天多花，秋天有云，冬天刮风落雪，气候使人严肃，同时也使人平静。三三毕了业若还要读几年书，倒是来北平读书好。

你的戏不知已演过了没有？北平倒好，许多大教授也演戏，还有从女大毕业的，到各处台上去唱昆曲，也不为人笑话。使戏子身份提高，北平是和上海稍稍不同的。

听说××到过你们学校演讲，不知说了些什么话。我是同她顶熟的一个人，我想她也一定同我初次上台差不多，除了红脸不会有再好的印象留给学生。这真是无办法的，我即或写了一百本书，把世界上一切人的言语都能写到文章上去，写得极其生动，也不会作一次体面的讲话。说话一定有什么天才，三三是大家明白的一个人，说话嗓子洪亮，使人倾倒，不管他说的是什么空话废话，天才还是存在的。

我给你那本书，《××》同《丈夫》都是我自己欢喜的，其中《丈夫》更保留到一个最好的记忆，因为那时我正在吴淞，因爱你到要发狂的情形下，一面给你写信，一面却在苦恼中写了这样一篇文章。我照例是这样子，做得出很傻的事，也写得出很多的文章，一面糊涂处到使别人生气，一面清明处，却似乎比平时更适宜于做我自己的事。三三，这时我来同你说这个，是当一个故事说到的，希望你不要因此感到难受。这是过去的事情，这些过去的事，等于我们那些死亡了最好的朋友，值得保留在记忆里，虽想到这些，使人也仍然十分惆怅，可是那已经成为过去了。这些随了岁月而消逝的东西，都不能再在同样情形下再现了的，所以说，现在只有那一篇文章，代替我保留到一些生活的意义。这文章得到许多好评，我反而十分难过，任什么人皆不知道我为了什么原因，写出一篇这样文章，使一些下等人皆以一个完美的人格出现。

我近日来看到过一篇文章，说到似乎下面的话："每人都有一种奴隶的德性，故世界上才有首领这东西出现，给人尊敬崇拜。因这奴隶的德性，为每一人不可少的东西，所以不崇拜首领的人，也总得选择一种机会低头到另一种事上去。"三三，我在你面前，这德性也显然存在的。为了尊敬你，使我看轻了我自己一切事业。我先是不知道我为什么这样无用，所以还只想自己应当有用一点。到后看到那篇文章，才明白，这奴隶的德性，原来是先天的。我们若都相信崇拜首领是一种人类自然行为，便不会再觉得崇拜女子有什么稀奇难懂了。你注意一下，不要让我这个话又伤害到你的心情，因为我不是在窘你做什么你做不到的事情，我只在告诉你，一个爱你的人，如何不能忘你的理由。我希望说到这些时，我们都能够快乐一点，如同读一本书一样，仿佛与当前的你我都没有多少关系，却同时是一本很好的书。

我还要说，你那个奴隶，为了他自己，为了别人起见，也努力想脱离羁绊过。当然这事做不到，因为不是一件容易事情。为了使你感到窘迫，使你觉得负疚，我以为很不好。我曾做过可笑的努力，极力去同另外一些人要好，到别人崇拜我愿意做我的奴隶时，我才明白，我不是一个首领，用不着别的女人用奴隶的心来服侍我，却愿意自己做奴隶，献上自己的心，给我所爱的人。我说我很顽固地爱你，这种话到现在还不能用别的话来代替，就因为这是我的奴性。

三三，我求你，以后许可我做我要做的事，凡是我要向你说什么时，你都能当我是一个比较愚蠢还并不讨厌的人，让我有一种机会，说出一些有奴性的卑屈的话，这点点是你容易办到的。你莫想，每一次我说到"我爱你"时你就觉得受窘，你也不用说"我偏不爱你"，作为抗拒别人对你的倾心。你那打算是小孩子的打算，到事实上却毫无用处的。有些人对天成日成夜说："我赞美你，上帝！"有些人又成日成夜对人世的皇帝说，"我赞美你，有权力的人！"你听到被赞美的"天"同"皇帝"，以及常常被称赞的日头同月亮，好的花，精致的艺术回答说"我偏不赞美你"的话没有？一切可称赞的，使人倾心的，都像天生就是这个世界的主人，他们管领一切，统治一切，都看得极其自然，毫不勉强。一个好人当然也就有权力使人倾倒，使人移易哀乐，变更性情，而自己却生存到一个高高的王座上，不必做任何声明。凡是能用自己各方面的美攫住别的人灵魂的，他就有无限权威，处置这些东西，他可以永远沉默，日头，云，花，这些例举不胜举。除了一只莺，他被人崇拜处，原是他的歌曲，不应当哑口外，其余被称赞的，大都是沉默的。三三，你并不是一只莺。一个皇帝，吃任何阔气东西他都觉得不够，总得臣子恭维，用恭维作为营养，他才适意，因为恭维不甚得体，所以他有时还发气骂人，让人充军流血。三三，你不会像帝皇。一个月亮可不是这样的，一个月亮不拘听到任何人赞美，不拘这赞美如何不得体，如何不恰当，它不拒绝这些从心中涌出的呼喊。三三，你是我的月亮。你能听一个并不十分聪明的人，用各样声音，各样言语，向你说出各样的感想，而这感想却因为你的存在，如一个光明，照耀到我的生活里而起的，你不觉得这也是生存里一件有趣味的事吗？

"人生"原是一个宽泛的题目，但这上面说到的，也就是人生。

为帝王作颂的人，他用口舌"娱乐"到帝王，同时他也就

"希望"到帝王。为月亮写诗的人，他从它照耀到身上的光明里，已就得到他所要的一切东西了。他是在感谢情形中而说话的，他感谢他能在某一时望到蓝天满月的一轮。三三，我看你同月亮一样。……是的，我感谢我的幸运，仍常常为忧愁扼着，常常有苦恼（我想到这个时，我不能说我写这个信时还快乐）。因为一年内我们可以看过无数次月亮，而且走到任何地方去，照到我们头上的，还是那个月亮。这个无私的月不单是各处皆照到，并且从我们很小到老还是同样照到的。至于你，"人事"的云翳，却阻拦到我的眼睛，我不能常常看到我的月亮！一个白日带走了一点青春，日子虽不能毁坏我印象里你所给我的光明，却慢慢地使我不同了。"一个女子在诗人的诗中，永远不会老去，但诗人，他自己却老去了。"我想到这些，我十分忧郁了。生命都是太脆薄的一种东西，并不比一株花更经得住年月风雨，用对自然倾心的眼，反观人生，使我不能不觉得热情的可珍，而看重人与人凑巧的藤葛。在同一人事上，第二次的凑巧是不会有的。我生平只看过一回满月。我也安慰自己过，我说："我行过许多地方的桥，看过许多次数的云，喝过许多种类的酒，却只爱过一个正当最好年龄的人。我应当为自己庆幸……"这样安慰到自己也还是毫无用处，为"人生的飘忽"

这类感觉，我不能忍受这件事来强作欢笑了。我的月亮就只在回忆里光明全圆，这悲哀，自然不是你用得着负疚的，因为并不是由于你爱不爱我。

仿佛有些方面是一个透明了人事的我，反而时时为这人生现象所苦，这无办法处，也是使我只想说明却反而窘了你的理由。

三三，我希望这个信不是窘你的信。我把你当成我的神，敬重你，同时也要在一些方便上，诉说到即或是真神也很糊涂的心情，你高兴，你注意听一下，不高兴，不要那么注意吧。天下原有许多稀奇事情，我××××十年，都缺少能力解释到它，也不能用任何方法说明，譬如想到所爱的一个人的时候，血就流走得快了许多，全身就发热作寒，听到旁人提到这人的名字，就似乎又十分害怕，又十分快乐。究竟为什么原因，任何书上提到的都说不清楚，然而任何书上也总时常提到。"爱"解作一种病的名称，是一个法国心理学者的发明，那病的现象，大致就是上述所及的。

你是还没有害过这种病的人，所以你不知道它如何厉害。有些人永远不害这种病，正如有些人永远不害麻疹伤寒，所以还不大相信伤寒病使人发狂的事情。三三，你能不害这种病，同时不理解别人这种病，也真是一种幸福。因为这病是与童心成为仇敌的，我愿意你是一个小孩子，真不必明白这些事。不过你却可以明白另一个爱你而害着这难受的病的痛苦的人，在任何情形下，却总想不到是要窘你的。我现在，并且也没有什么痛苦了，我很安静，我似乎为爱你而活着的，故只想怎么样好好地来生活。假使当真时间一晃就是十年，你那时或者还是眼前一样，或者已做了某某大学的一个教授，或者自己不再是小孩子，倒已成了许多小孩子的母亲，我们见到时，那真是有意思的事。任何一个作品上，以及任何一个世界名作作者的传记上，最动人的一章，总是那人与人纠纷藤葛的一章。许多诗是专为这点热情的指使而写出的，许多动人的诗，所写的就是这些事，我们能欣赏那些东西，为那些东西而感动，却照例轻视到自己，以及别人因受自己所影响而发生传奇的行为，这个事好象不大公平。因为这个理由，天将不许你长是小孩子。"自然"使苹果由青而黄，也一定使你在适当的时间里，转成一个"大人"。三三，到你觉得你已经不是小孩子，愿意做大人时，我倒极希望知道你那时在什么地方做些什么事，有些什么感想。"崔苇"是易折的，"磐石"是难动的，我的生命等于"崔苇"，爱你的心希望它能如"磐石"。

望到北平高空明蓝的天，使人只想下跪，你给我的影响恰如这天空，距离得那么远，我日里望着，晚上做梦，总梦到生着翅膀，向上飞举。向上飞去，便看到许多星子，都成为你的眼睛了。

三三，莫生我的气，许我在梦里，用嘴吻你的脚，我的自卑处，是觉得如一个奴隶蹲到地下用嘴接近你的脚，也近于十分亵渎了你的。我念到我自己所写到"崔苇是易折的，磐石是难动的"时候，我很悲哀。易折的崔苇，一生中，每当一次风吹过时，皆低下头去，然而风过后，便又重新立起了。只有你使它永远折服，永远不再作立起的希望。

一九三一年六月北平

小船上的信

/ 沈从文

    船在慢慢地上滩，我背船坐在被盖里，用自来水笔来给你写封长信。这样坐下写信并不吃力，你放心。这时已经三点钟，还可以走两个钟头。应停泊在什么地方，照俗谚说，"行船莫算，打架莫看"，我不过问。大约可再走廿里，应歇下时，船就泊到小村边去，可保平安无事。

    船泊定后我必可上岸去画张画。你不知见到了我《常德长堤》那张画不？那张窄的长的。这里小河两岸全是如此美丽动人，我画得出它的轮廓，但声音、颜色、光，可永远无本领画出了。你实在应来这小河里看看，你看过一次，所得的也许比

083

我还多，就因为你梦里也不会想到的光景，一到这船上，便无不朗然入目了。这种时节两边岸上还是绿树青山，水则透明如无物，小船用两个人拉着，便在这种清水里向上滑行，水底全是各色各样的石子。

舵手抿起个嘴唇微笑，我问他："姓什么？""姓刘。""在这条河里划了几年船？""我今年五十三，十六岁就划船。"来，三三，请你为我算算这个数目。这人厉害得很，四百里的河道，涨水干涸河道的变迁，他无不明明白白。他知道这河里有多少滩、多少潭。看那样子，若许我来形容形容，他还可以说知道这河中有多少石头！是的，凡是较大的，知名的石头，他无一不知！水手一共是三个，除了舵手在后面管舵管篷管纤索的伸缩，前面舱板有两个人。其中一个是小孩子，一个是大人。两个人的职务是船在滩上时，就撑急水篙，左边右边下篙，把钢钻打得水中石头做出好听的声音。到长潭时则荡桨，躬起个腰推扳长桨，把水弄得哗哗的，声音也很幽静温柔。到急水滩时，则两人背了纤索，把船拉去，水急了些，吃力时就伏在石滩上，手足并用地爬行上去。

船是只新船，油得黄黄的，干净得可以作为教堂的神龛。

我卧的地方较低一些，可听得出水在船底流过的细碎声音。前舱用板隔断，故我可以不被风吹。我坐的是后面，凡为船后的天、地、水，我全可以看到。

我就这样一面看水一面想你。我快乐，就想应当同你快乐，我闷，就想要你在我必可以不闷。我同船老板吃饭，我盼望你也在一角吃饭。我至少还得在船上过七个日子，还不把下行的计算在内。你说，这七个日子我怎么办？天气又不很好，并无太阳，天是灰灰的，一切较远的边岸小山同树木，皆裹在一层轻雾里，我又不能照相，也不宜画画。看看船走动时的情形，我还可以在上面写文章，感谢天，我的文章既然提到的是水上的事，在船上实在太方便了。倘若写文章得选择一个地方，我如今所在的地方是太好了一点的。不过我离得你那么远，文章如何写得下去。"我不能写文章，就写信。"我这么打算，我一定做到。我每天可以写四张，若写完四张事情还不说完，我再写。这只手既然离开了你，也只有那么来折磨它了。

我来再说点船上事情吧。船现在正在上滩，有白浪在船旁奔驰，我不怕，船上除了寂寞，别的是无可怕的。我只怕寂寞。但这也正可训练一下我自己。我知道对我这人不宜太好，到你身边，我有时真会使你皱眉。我疏忽了你，使我疏忽的原因便只是你待我太好，纵容了我。但你一生气，我即刻就不同了。现在则用一件人事把两人分开，用别离来训练我，我明白你如何在支配我管领我！为了只想同你说话，我便钻进被盖中去，闭着眼睛。你瞧，这小船多好！你听，水声多幽雅！你听，船那么轧轧响着，它在说话！它说："两个人尽管说笑，不必担心那掌舵人。他的职务在看水，他忙着。"船真轧轧地响着。可是我如今同谁去说？我不高兴！

梦里来赶我吧，我的船是黄的，船主名字叫作"童松柏"，桃源县人。尽管从梦里赶来，沿了我所画的小堤一直向西走，沿河的船虽万万千千，我的船你自然会认识的。这里地方狗并不咬人，不必在梦里为狗吓醒！

你们为我预备的铺盖，下面太薄了点，上面太硬了点，故我很不暖和，在旅馆已嫌不够，到了船上可更糟了。盖的那床被大而不暖，不知为什么独选着它陪我旅行。我在常德买了一斤腊肝、半斤腊肉，在船上吃饭很合适……莫说吃的吧，因为摇船歌又在我耳边响着了，多美丽的声音！

我们的船在煮饭了，烟味儿不讨人嫌。我们吃的饭是粗米饭，很香很好吃。可惜我们忘了带点豆腐乳，忘了带点北京酱菜。想不到的是路上那么方便，早知道那么方便，我们还可带许多北京宝贝来上面，当"真宝贝"去送人！

你这时节应当在桌边做事的。

山水美得很，我想你一同来坐在舱里，从窗口望那点紫色的小山。我想让一个木筏使你惊讶，因为那木筏上面还种菜！我想要你来使我的手暖和一些……

我是宋清如至上主义者

/ 朱生豪

我不知是什么东西，卢梭的《新爱洛伊丝》[师范英文选第三册选入，这种物事（东西）好教学生！以文章而论，歌德的《维特》当然好得多了]，恋爱，恋爱，那种半生不熟，十八世纪式的恋爱，幼稚而夸张，无谓的sentimentalism（感伤主义），佳人＋才子＋无事忙热心玉成好事的朋友＋扭扭捏捏不嫉妒的"哲学的"丈夫，这位丈夫，是卢梭特创的人物，篇中谁都佩服他，实际是最肉麻的一个。

你不用赌神发咒我也早相信你了，前回不过是寻晦气的心情，其实我总不怪你。

接到你的信，真快活，风和日暖，令人愿意永远活下去。

世上一切算得什么，只要有你。

我顶讨厌中国人讲外国话，并不因为我是个国粹主义者，如果一个人能够讲外国话，讲得比他的本国话更好的话，那么他尽有理由讲外国话，否则不用献丑为是。

我是，我是宋清如至上主义者。

我希望你不要用女人写的信纸。

我以为理发匠非用女人不可，有许多理发匠太可怕，恶心的手摸到脸上，还要碰着嘴唇，叫你尝味它的味道。嘴里的气味扑向你鼻孔里，使人非停止呼吸不可。中国人喜欢捶背狠命扒耳朵，真是被虐待狂。

我不笑，不是不快活，无缘无故笑，岂不是发疯。

好人，我永远不对你失望，你也不要失望自己。

后天星期日。

伤风好了没有？你真太娇弱。

人去楼空，从此听不到"爱人呀，还不回来呀"的歌声。

愿你好。

Sir Galahad
（亚瑟王传说中的圆桌武士之一，是纯洁勇敢的象征）

P.S. 我待你好

共度暮年，此生足矣

/ 朱生豪

清如：

一辆黄包车载了我回来，敲开了门，向陆师母招呼了一声，便飞奔上楼，放下伞，摔下套鞋，脱下贼腔的帽子，披上青布罩衫，觉得比较像一个人些，肚子里也开始觉得有些饿了，出去吃了六个馒头，回来出了一回神，倒头便睡，心酸而哭。睡到七点钟起来，马马虎虎吃了碗饭，想昏天黑地地睡下去，觉得心事未了的样子，便写信。

想着自己的一付贼腔，真又好气又好笑，你真没有理由要和我要好。你气色很好，我很快活，我总觉得你很美很美。你和我前夜梦中所见的很像，我看了看你的照片（照相馆里拍的那张），心里有点气，人工的修饰把气韵都丧失了，简直不像你。下回如赴照相馆拍照，我劝你拍一张侧面像试试，全侧面的。

此行使我充满了幸福感，你不要想象我又起了惆怅，即使是惆怅，也是人生稀有的福分，我将永远割舍不了你。近着你会使我惝恍，因此我愿常远远地忆你。如果我们能获得长寿，等我们年老的时候，我愿和你卜邻而居，共度衰倦之暮年，此生之愿足矣！

回家安好且快乐？不要多想起我！祝福。

朱 十六夜

我爱你朴素，不爱你奢华

/ 徐志摩

"幸福还不是不可能的"，这是我最近的发现。

今天早上的时刻，过得甜极了。我只要你，有你我就忘却一切，我什么都不想什么都不要了，因为我什么都有了。与你在一起没有第三人时，我最乐。坐着谈也好，走道也好，上街买东西也好。厂甸我何尝没有去过，但哪有今天那样的甜法。爱是甘草，这苦的世界有了它就好上口了。眉，你真玲珑，你真活泼，你真像一条小龙。

我爱你朴素，不爱你奢华。你穿上一件蓝布袍，你的眉目间就有一种特异的光彩，我看了心里就觉着不可名状的欢喜。朴素是真的高贵。你穿戴齐整的时候当然是好看，但那好看是

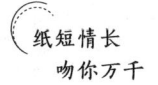

寻常的，人人都认得的，素服时的眉，有我独到的领略。

"玩人丧德，玩物丧志"，这话确有道理。

我恨的是庸凡，平常，琐细，俗。我爱个性的表现。

我的胸膛并不大，决计装不下整个或是甚至部分的宇宙。我的心河也不够深，常常有露底的忧愁。我即使小有才，决计不是天生的，我信是勉强来的，所以每回我写什么多少总是难产，我唯一的靠傍是刹那间的灵通。我不能没有心的平安，眉，只有你能给我心的平安。在你完全的蜜甜的高贵的爱里，我享受无上的心与灵的平安。

凡事开不得头，开了头便有重复，甚至成习惯的倾向。在恋中人也得提防小漏缝儿，小缝儿会变大窟窿，那就糟了。我见过两相爱的人因为小事情误会斗口，结果只有损失，没有利益。我们家乡俗谚有："一天相骂十八头，夜夜睡在一横头。"意思是说好夫妻也免不了吵。我可不信，我信合理的生活，动机是爱，知识是南针，爱的生活也不能纯粹靠感情，彼此的了解是不可少的。爱是帮助了解的力，了解是爱的成熟，最高的了解是灵魂的化合，那是爱的圆满功德

没有一个灵性不是深奥的，要懂得真认识一个灵性，是一辈子的工作。这工夫愈下愈有味，像逛山似的，唯恐进得

不深。

眉，你今天说想到乡间去过活，我听了顶欢喜，可是你得准备吃苦。总有一天我引你到一个地方，使你完全转变你的思想与生活的习惯。你这孩子其实是太娇养惯了！我今天想起丹农雪乌的"死的胜利"的结局。眉，你我从今起对爱的生活负有做到他十全的义务。我们应得努力。眉，你怕死吗？眉，你怕活吗？活比死难得多！眉，老实说，你的生活一天不改变，我一天不得放心。但北京就是阻碍你新生命的一个大原因，因此我不免发愁。

我从前的束缚是完全靠理性解开的，我不信你的就不能用同样的方法。万事只要自己决心；决心与成功间的是最短的距离。

往往一个人最不愿意听的话，是他最应得听的话。

我有你什么都不要了

/ 徐志摩

眉：

我在适之这里。他新近照了一张相，荒谬！简直是个小白脸儿哪！他有一张送你的，等我带给你。我昨晚独自在硖石过夜（爸妈都在上海）。十二时睡下去，醒过来以为是天亮，冷得不堪，头也冻，脚也冻，谁知正打三更。听着窗外风声响，再也不能睡熟，想爬起来给你写信。其实冷不过，没有钻出被头勇气。但怎样也睡不着，又想你，蜷着身子想梦，梦又不来。从三更听到四更，从四更听到五更，才又闭了一回眼。早车又回上海来了。北京来人还是杳无消息。你处也没信，真闷。栈房里人多，连写信都不便；所以我特地到适之这里来，

随便写一点给你。眉眉，有安慰给你，事情有些眉目了。昨晚
与娘舅寄父谈，成绩很好。他们完全谅解，今天许有信给我
爸。但愿下去顺手，你我就登天堂了。妈昨天笑着说我："福
气太好了，做爷娘的是孝子孝到底的了。"但是眉眉，这回我
真的过了不少为难的时刻。也该的，"为我们的恋爱"可不
是？昨天随口想诌几行诗，开头是：

　　我心头平添了一块肉，

　　这辈子算有了归宿！

　　看白云在天际飞，

　　听雀儿在枝上啼。

　　忍不住感恩的热泪，

　　我喊一声天，我从此知足！

　　再不想望更高远的天国！

　　眉眉，这怎好？我有你什么都不要了。文章、事业、荣
耀，我都不要了。诗、美术、哲学，我都想丢了。有你我什么
都有了。抱住你，就比抱住整个的宇宙，还有什么缺陷，还有
什么想望的余地？你说这是有志气还是没志气？你我不知道，

娘听了，一定骂。别告诉她，要不然她许不要这没出息的女婿
了。你一定在盼着我回去，我也何尝不时刻想往眉眉胸怀里
飞。但这情形真怕一时还走不了。怎好？爸爸与娘近来好吗？
我没有直接信，你得常常替我致意。他们待我真太好了，我自
家爹娘，也不过如此。适之在下面叫了，我们要到高梦旦家吃
饭去，明天再写。

摩摩祝眉眉福

一九二六年二月二十三日

希望可以永远地不分离

/ 郁达夫

映霞：

现在大约你总已经到了杭州了吧？你的祖父母亲弟弟妹妹都好么？你或者现在在吃晚饭，但我一个人，却只坐在电灯的前头呆想，想你在家庭里团聚的乐趣。

今天早晨，我本想等火车开后再回来的，但因为怕看见了那载人离别的机关，堂堂地将你搬载了去，怕看见这机器将你从我的身旁分开，送上每天不能相见的地方去时，心里更要不快乐，更是悲哀，所以我硬了心肠一挥手就和你别了。我在洋车上，把你的信拆开来看，看完的时候，几乎放声哭了起来，就马上叫车夫拉我回去，回到南火车站去，再和你握一握手。

可是走到了莱路口，又遇着一群军队的通过，把交通都断绝了。所以只好闷闷地回来。回到闸北，约略睡了一会，就有许多事务要办，又只好勉强起来应付着，一直的忙到现在。现在大家在吃晚饭，我因为早上吃得太饱，不想下去吃饭，所以马上就坐下来写这封信。

映霞，你叮嘱我的话，我句句都遵守着，我以后要节戒烟酒，要发奋做我的事业了，这一层请你放心。

今天天气实在好得很，但稍觉凉了一点，所以我在流清水鼻涕，人家都以为我在暗泣。映霞，我若果真在这里暗泣，那么你总也该知道，这眼泪是为谁流的。

映霞，我相信你，我敬服你，我更感激你到了万分，以后只教你能够时时写信给我，那我在寂寞之中，还可以自慰。我只盼望我们的自由的日子到来，到那时候，我们俩可以永远地不至于离开。映霞，从前你住在梅白克路的时候，我们俩虽则不是在一个屋檐之下，但要相见的时候，只要经过一二十分钟就可以相见。那时候即使不和你相见，我心里但想着你是和我同处在上海，同在呼吸一个地方的空气，那心里就平稳许多，但现在你却去得很远了，我一想到你，就要心酸起来。映霞，这一回的小别，你大约总猜不出要使我感到多苦楚。但你的这一次的返里，却是不得已的，并且我们的来日，亦正长得很。

映霞，我希望你能够利用这个机会，说得你母亲心服，好使我们俩的事情，得早一日成功。

你的信里说，今年年内我们总可以达到目的，但以我现在对你的心境讲来，怕就是三四个月也等不得。

总之，映霞，我以后要努力了，要好好儿地做人了，我想把我的事业，重新再来过一番，庶几可以不使你失望，不使人家会笑你爱错了人。

我以后不跑出去了，绝对不跑出去了，就想拼命地著书，拼命地珍摄身体，非但为了我自己，并且是为了你。

今天头昏得很，想早点睡觉，只写到此地为止，此信，当于明天一早，由我自家跑上租界上去寄出。我希望你当没有接到这一封信之先，已经有了寄给我的来书。

映霞，再见，再见！

一九二七年四月三日

达夫寄自上海创造社

梦里也不能离你的印象

/ 瞿秋白

之华：

临走的时候，极想你能送我一站，你竟徘徊着。海风是如此的飘漾，晴朗的天日照着我俩的离怀。相思的滋味又上心头，六年以来，这是第几次呢？空阔的天穹和碧落的海光，令人深深地了解那"天涯"的意义。海鸥绕着桅樯，像是依恋不舍，其实双双栖宿的海鸥，有着自由的两翅，还羡慕人间的鞅掌。我俩只是少健康，否则如今正是好时光，像海鸥样的自由，像海天般的空旷，正好准备着我俩的力量，携手上沙场。之华，我梦里也不能离你的印象。

独伊想起我吗？你一定要将地名留下，我在回来之时，要去看她一趟。

下年她要能换一个学校，一定是更好了。你去那里，尽心地准备着工作，见着娘家的人，多么好的机会。我追着就来，一定是可以同着回来，不像现在这样寂寞。你的病怎样？

我只是牵记着。

可惜，这次不能写信，你不能写信。我要你弄一本小书，将你要写的话，写在书上，等我回来看。好不好？

秋白

七月十五日

宇宙从此不再暗淡

／庐隐

异云——我生命的寄托者：

今天我看看日历已经三月三号了，虽然前两天曾下过雪，但那已是春之复归的春雪。呵，在这阳光融雪，雨滴茅檐的刹那间，我的心起了极大的变化，我仿佛沉梦初醒，又仿佛长途归来，你想我是怎样的庆幸与惊喜呢？唉！我们相识已经整整一年了，——一年了。在这一年中，我们在人间镂刻上不少的痕迹，我们曾在星月下看过春的倦睡；我们曾在凌晨听过海边的风涛的豪歌；我们也曾互相在迷离的海雾中迷失过；我们也曾在浓艳的玫瑰汁中沉醉过；我们也曾在凄风苦雨的荒庙痛哭过，——呵！这样一段多变化多幽秘的旅途，现在我们是走完了，我们不是初次航海的冒险者了，我们已经看惯海上的风涛，这时候无论海雾如何浓厚，波涛如何猖獗，亦不足动摇我们的目标的分毫了。呵！爱人！前面有一盏光明的灯，前面有一杯幸福的美酒，还有许多青葱的茂林满溢着我们生命的露滴，吾爱！让我们放下人间一切的负荷，尽量地享受和谐的果实吧。

吾爱！我曾听见"时间"在静悄中溜过，——它是毫不留意的溜过，在这时候，我们要用全生命去追逐它，不愿有一秒钟把它放过。你知道，吾爱！它走了是永不再回来的呵！即使它还回来，我们已经等不得了；所以吾爱，我们应当好好地生活，好好地享受，不要让时间抛弃了我们。你知道，美丽的春花，是为了我们而含笑的；幽美的月夜，是为了我们而摆设的；我们是一切的主宰。

你的房屋布置得那样理想，别人或者要为你的阴暗而悲伤，但是我呢，不，绝不觉得是可悲的事情。我看见一朵墨绿色的茶花，是开在你的心上，它是多色彩、多幽秘的象征，所以吾爱，我虔诚地膜拜你，你是支配了生命的跃动，你是美化了万汇。

在这紊乱尘迷的世界，我常常失掉我自己，但是为了你的颂赞——就藉着你那伟大锐利的光芒，我照见了狼狈的自我，爱人呵！我是从渺小中超拔了，我从重浊肮脏的躯骸中逃逸了。我看见一朵洁白的云上，托着毫不着迹的灵魂，这时我是一朵花，我是一只鸟，我是一阵清风，我是一颗亮星，但是吾爱！你千万不要忘记这完全是你的赐予呵！倘若那一天我是失掉了你，由你心中摒弃了我的时候，我便成了一颗陨了的星，一朵枯了的花，一阵萧瑟的风，一只僵死的鸟，从此宇宙中将永看不见黑暗中迸出的光芒，残杀中将永无微笑，春天将不再有鸟儿歌唱，所以吾爱，你是掌有宇宙的生杀之权，你是宇宙的神明，同时也是魔鬼。

但是美丽爱人，我早认识你了，你虽然两手握着两样的权威，而你温柔的两眼，已保证了你对人类的和慈与爱护，所以我知道宇宙从此绝不再暗淡了。哦，伟大的爱人！我真诚地为你滴出心的泪滴，你是值得感激和膜拜的呵！

异云——展开你伟大的怀抱。我愿生息在你光明的心胸之下。

你永远的冷鸥

结发作夫妻，恩爱两不疑

/ 朱湘

霓君，我的爱妻：

接罗先生信，知道戒指事，那自然是当铺玩的鬼，我已经告诉他多认几个利钱取出来。你托他买东西，不知要买什么？他并不有钱，何必托他买？如若已经买了，钱务必照数还他。两张当票的钱连利钱也要还他。我又作了一本小书，（译的诗）可以先拿二十块钱。阳历五月初头，你可以收到这笔钱。我今天看中国诗，有一首看了很感动，那首诗是苏武作的，说："自从我们二人结发作夫妻以后，恩爱两不相疑。但是我明天早晨就要动身去外国了。只有今天一晚同在一起，那么就让我尽量地欢娱罢。我是要动身的人，心里总记挂着上路，怕误了时辰，所以我起来看看如今是什么时候了。你看，天上的参星同辰星都不见了，走了，我要同你分别了。我这是去匈奴（如今的蒙古）；我们再见的时候我也不敢讲是哪一天。我握住你的手，长叹一声，想到别离，不觉落下了泪来。你保重身躯，常常记着我们欢乐的时光。我要是活着，一定早归。要是死了，我作鬼也记到你，不会忘记。"后来这作诗的苏武隔十九年回了本国，做了一个大官。

我想到四五年后我们再见的时候，那是多么快活的事情啊。

你的苏武，沅二月廿一日

我寄你的信，总要送往邮局

/ 许广平

EL.DEAR：

今天下午刚发一信，现在又想执笔了。这也等于我的功课一样，而且是愿意做的那一门，高兴的就简直做下去罢，于是乎又有话要说出来了——

这时是晚上九点半，我想起今天是礼拜五，明天是礼拜六，一礼拜又快过去了，此信明天发，免得日曜受耽搁。料想这信到时，又过去一礼拜了，得到你的回信时，又是一礼拜，那么总共就过去三个礼拜了，那是在你接到此信，我得了你回复此信的时候的话。虽然这还很有些时光，但不妨以此先自快慰。话虽如此，你如没有工夫，就不必每得一信，即回一封，因为我晓得你忙，不会挂念的。

生怕记起的又即忘记了，先写出来罢：你如经过琉璃厂，不要忘掉了买你写日记用的红格纸，因为已经所余无几了。你也许不会忘记，不过我提起一下，较放心。

我寄你的信，总要送往邮局，不喜欢放在街边的绿色邮筒中，我总疑心那里会慢一点。然而也不喜欢托人带出去，我就将信藏在衣袋内，说是散步，慢慢地走出去，明知道这绝不是什么秘密事，但自然而然的好像觉得含有什么秘密性似的。待到走到邮局门口，又不愿投入挂在门外的方木箱，必定走进里面，放在柜台下面的信箱里才罢。那时心里又想：天天寄同一名字的信，邮局的人会不会诧异呢？于是就用较生的别号，算是挽救之法了。这种古怪思想，自己也觉得好笑，但也没有制服这个神经的神经，就让他胡思乱想罢。当走去送信的时候，我又记起了曾经有一个人，在夜里跑到楼下房外的信筒那里去，我相信天下痴呆盖无过于此君了，现在距邮局远，夜行不便，此风万不可长，宜切戒之！

今日下午也缝衣，出去寄信时又买些水果，回来大家分吃了。你带去的云腿吃过了没有？还可口么？我身体精神都好，食量也增加，不过继续着做一种事情，稍久就容易吃力，浑身疲乏。我知道这个道理，所以时而做些事，时而坐坐，时而睡睡，坐睡都厌了就到马路上来回走一个短路程，这样一调节，也就不致吃苦了。

时局消息，阅报便知，不多述了，有时北报似更详悉。听说现在津浦路还照常，但来时要打听清楚才好。

YOUR H.M. 五月十七夜十时

每天看天一小时会变成美人

/ 萧红

军：

我今天接到你的信就跑回来写信的，但没有寄，心情不好，我想你读了也不好，因为我是哭着写的，接你两封信，哭了两回。

这几天也还是天天到李家去，不过待不多久。

我在东安市场吃饭，每顿不到两毛，味极佳。羊肉面一毛钱一碗。再加两个花卷，或者再来个炒素菜。一共才是两角。可惜我对着这样的好饭菜，没能喝上一盅，抱歉。

六号那天也是写了一信，也是没寄。你的饮食我想还是照旧，饼干买了没有？多吃点水果。

你来信说每天看天一小时会变成美人，这个是办不到的，说起来很伤心，我自幼就喜欢看天，一直看到现在还是喜欢看，但我并没变成美人，若是真是，我又何能东西奔波呢？可见美人自有美人在。（这个话开玩笑也）

奇是不可靠的，黑人来李家找我。这是她之所瞩。和李太太、我，三个人逛了北海。我已经是离开上海半月多了，心绪仍是乱绞。我想我这是走的败路。但我不愿意多说。

《海上述林》读毕，并请把《安娜·卡列尼娜》寄来一读。还有《冰岛渔夫》，还有《猎人日记》。这书寄来给洁吾读。不必挂号。若有什么可读的书，就请随（时）寄来，存在李家不会丢失，等离上海时也方便。

我的长篇并没有计划，但此时我并不过于自责，"为了恋爱，而忘掉了人民，女人的性格啊！自私啊！"从前，我也这样想，可是现在我不了，因为我看见男子为了并不值得爱的女子，不但忘了人民，而且忘了性命。何况我还没有忘了性命，就是忘了性命也是值得呀！在人生的路上，总算有一个时期在我的脚迹旁边，也踏着他的脚迹。（总算两个灵魂和两根琴弦似的互相调谐过）（这一句似乎有点特别高攀，故涂去。）

笔墨都买了，要写大字。但房子有是有，和人家就一个院不方便。至于立合同，等你来时再说吧！

祝你好！上帝给你健康！

荣子 五月九日

日蓮大聖人、
人間普遍の
原理を説く

第三章

余生为期
此情不移

当我们相爱时，
我们从每一寸皮肤，
每一缕思维伸出触角，
要去探索这个世界，
拥抱这个世界。

笑

/ 许地山

我从远地冒着雨回来。因为我妻子心爱的一样东西让我找着了；我得带回来给她。

一进门，小丫头为我收下雨具，老妈子也借故出去了。我对妻子说："相离好几天，你闷得慌吗？……呀，香得很！这是从哪里来的？"

"窗棂下不是有一盆素兰吗？"

我回头看，几箭兰花在一个汝窑钵上开着。我说："这盆花多会移进来的？这么大雨天，还能开得那么好，真是难得啊！……可是我总不信那些花有如此的香气。"

我们并肩坐在一张紫檀榻上，我还往下问："良人，到底是兰花的香，是你的香？"

"到底是兰花的香，是你的香？让我闻一闻。"她说时，亲了我一下。小丫头看见了，掩着嘴笑，翻身揭开帘子，要往外走。

"玉耀，玉耀，回来！"小丫头不敢不回来，但，仍然抿着嘴笑。

"你笑什么？"

"我没有笑什么。"

我为她们排解说："你明知道她笑什么，又何必问她呢，饶了她罢。"

妻子对小丫头说："不许到外头瞎说。去罢，到园里给我摘些瑞香来。"

小丫头抿着嘴出去了。

爱人，我的失眠让你落泪

/ 郁达夫

爱人，我的失眠让你落泪，这些泪水竟然落到了我们的故事里，让我胆战心惊，让我惶恐不安，让我在最深的夜晚，那些迷蒙的知觉中苟延残喘，只有孤灯和网络数字搀扶我飘荡的灵魂，那些灵魂是你的，那些灵魂是很久以前就被你完全收走，完全放进你飘来飘去的行囊，轻轻淡淡地码放在一个角落，却无人造访。

爱人，泪水是关于失眠的所有情节的。我很幸运地无辜，因为我已经让你美好的胡搅抓住，被你调皮的蛮缠无限扩大，从你乱梦中醒来的孤单将这种扩展铺满了整个天空。所以我是万恶，我这时的一举一动都渲染了让你厌恶的色彩，你应该知道这是多么的不准确。

　　爱人，没有什么大不了的事。不就是失眠么，不就是睡觉么，不就是作息时间问题么。你要知道，在你之前很久我就被岁月一下一下锻造成这种德行，岁月伸出一只肥厚的手掌把玩我的倦意，让我黑白颠倒，昼伏夜出，已经十年了。一天一夜是改不过来的。

　　所以你的哭泣虽然美丽，但是虚幻，虽然忧伤，但是带有真正的喜剧色彩。我们都在一起了，很多事情我们都过来了，还怕这个么？我对你的迷恋穿梭在这广袤的夜空，你的梦如轻纱，缓缓掠过我满布皱纹的额头。体温隔着房间相互交融，你在均匀地呼吸，我在寂静中劳作。爱人，这就是幸福。

红豆

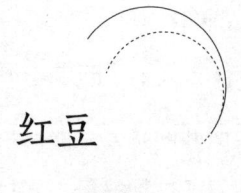

/ 陆蠡

听说我要结婚了，南方的朋友寄给我一颗红豆。

当这小小的包裹寄到的时候，已是婚后的第三天。宾客们回去的回去，走的走，散的散，留下来的也懒得闹，躺在椅子上喝茶嗑瓜子。

一切都恢复了往日的冲和。

新娘温娴而知礼的，坐在房中没有出来。

我收到这包裹，我急忙地把它拆开。里面是一只小木盒，木盒里衬着丝绢，丝绢上放着一颗莹晶可爱的红豆。

"啊！别致！"我惊异地喊起来。

这是 K 君寄来的，和他好久不见面了。和这邮包一起的，还有他短短的信，说些是祝福的话。

我赏玩着这颗红豆。这是很美丽的。全部都有可喜的红色，长成很匀整细巧的心脏形，尖端微微偏左，不太尖，也不太圆。另一端有一条白的小眼睛。这是豆的胚珠在长大时连系在豆荚上的所在。因为有了这标识，这豆才有异于红的宝石或红的玛瑙，而成为蕴藏着生命的酵素的有机体了。

我把这颗豆递给新娘。她正在卸去早晨穿的盛服，换上了浅蓝色的外衫。

我告诉她这是一位远地的朋友寄来的红豆。这是祝我们快乐，祝我们如意，祝我们吉祥。

她相信我的话，但眼中不相信这颗豆为何有这许多的含义。她在细细地反复检视着，洁白的手摩挲这小小的豆。

"这不像蚕豆，也不像扁豆，倒有几分像枇杷核子。"

我怃然，这颗豆在她的手里便失了许多身份。

于是，我又告诉她这是爱的象征，幸福的象征，诗里面所歌咏的，书里面所写的，这是不易得的东西。

她没有回答，显然这对她是难懂，只干涩地问：

"这吃得么？"

"既然是豆，当然吃得。"我随口回答。

121

晚上，我亲自到厨房里用喜筵留下来的最名贵的作料，将这颗红豆制成一小碟羹汤，亲自拿到新房中来。

新娘茫然不解我为何这样殷勤。友爱的眼光落在我的脸上。嘴唇微微一噘。

我请她先喝一口这亲制的羹汤。她饮了一匙，皱皱眉头不说话。我拿过来尝一尝，这味辛而涩的，好像生吃的杏仁。

我想起一句古老的话，呵呵大笑地倒在床上。

窗帘

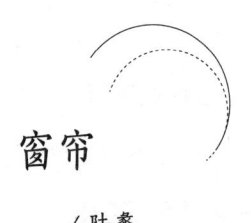

/ 陆蠡

回家数天了，妻已不再作无谓的腼腆。在豆似的灯光下，我们是相熟了。

金漆的床前垂着褪黄的绸帐。这帐曾证明我们结婚是有年了。灯是在帐里的，在外面看来，我们是两个黑黑的影。

"拉上窗帘吧。"妻说。

"怕谁，今晚又不是洞房。"

"但是我们还是初相识。"

"让我们行合卺的交拜礼吧。"

"燃上红烛呢。"

"换上新装呢。"

我们都笑了。真的，当我燃起红烛来说，"今后我们便永远的相爱吧。"心里便震颤起来。

丝般的头发在腮边擦过感到绒样的温柔。各人在避开各人的眼光，怕烛火映得双颊更红罢。

"弟弟，我真的欢喜。"

"让我倚在你的胸前吧。"

"顽皮呢，孩子。"

"今后，我不去了。"

"去吧，做事，在年轻的时候。"

"刚相熟便分手了。"

"去了也落得安静。"

我在辨味这高洁的欢愉。红烛结了灯花，帐里是一片和平、谧穆。

窗帘并未拉上。

一九三三年

爱情篇

/ 张晓风

两岸

我们总是聚少离多，如两岸。

如两岸——只因我们之间恒流着一条莽莽苍苍的河。我们太爱那条河，太爱太爱，以致竟然把自己站成了岸。

站成了岸，我爱，没有人勉强我们，我们自己把自己站成了岸。

春天的时候，我爱，杨柳将此岸绿遍，漂亮的绿绦子潜身于同色调的绿波里，缓缓地向彼岸游去。河中有萍，河中有藻，河中有云影天光，仍是《国风·关雎》篇的河啊，而我，一径向你汹去。

我向你汹去，我正遇见你，向我汹来——以同样柔和的柳条。我们在河心相遇，我们的千丝万缕秘密地牵起手来，在河底。

只因为这世上有河，因此就必须有两岸，以及两岸的绿杨堤。我不知我们为什么只因坚持要一条河，而竟把自己矗立成两岸，岁岁年年相向而绿，任地老天荒，我们合力撑住一条河，死命地呵护那千里烟波。

两岸总是有相同的风，相同的雨，相同的水位。乍浆草匀分给两岸相等的红，鸟翼点给两岸同样的白，而秋来蒹葭露冷，给我们以相似的苍凉。

蓦然发现，原来我们同属一块大地。

纵然被河道凿开，对峙，却不曾分离。

年年春来时，在温柔得令人心疼的三月，我们忍不住伸出手臂，在河底秘密地挽起。

定义以及命运

年轻的时候，怎么会那么傻呢？

对"人"的定义，对"爱"的定义，对"生活"的定义，对莫名其妙的刚听到的一个"哲学名词"的定义……

那时候，老是慎重其事地把左掌右掌看了又看，或者，从一条曲曲折折的感情线，估计着感情的河道是否决堤。有时，又正正经经地把一张脸交给一个人，从鼻山眼水中，去窥探自己一生的宿命，一生的风光。

奇怪，年轻的时候，怎么什么都想知道? 定义，以及命运。年轻的时候，怎么就没有想到过，人原来也可以有权不知不识而大剌剌地活下去。

忽然有一天，我们就长大了，因为爱。

去知道明天的风雨已经不重要了，执手处，张发可以为风帜，高歌时，何妨倾山雨入盏，风雨于是不重要了，重要的是找一座共同承风挡雨的肩膀。

忽然有一天，我们把所背的定义全忘了，我们遗失了登山指南，我们甚至忘了自己，忘了那一切，只因我们已登山，并且结庐于一弯溪谷。千泉引来千月，万窍邀来万风，无边的庄严中，我们也自庄严起来。

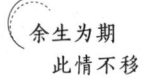

而长年的携手，我们已彼此把掌纹叠印在对方的掌纹上，我们的眉因为同蹙同展而衔接为同一个名字的山脉。我们的眼因为相同的视线而映为连波一片，怎样的看相者才能看明白这样的两双手的天机，怎样的预言家才能说清楚这样两张脸的命运？

蔷薇几曾有定义，白云何所谓其命运，谁又见过为劈头迎来的巨石而焦灼的流水？

怎么会这么傻呢，年轻的时候。

从俗

当我们相爱——在开头的时候——我真觉得自己清雅飞逸，仿佛有一个新我，自旧我中飘然游离而出。

当我们相爱时，我们从每一寸皮肤，每一缕思维伸出触角，要去探索这个世界，拥抱这个世界，我们开始相信自己的不凡。

相爱的人未必要朝朝暮暮相守在一起——在小说里都是这样说的。小说里的男人和女人一眨眼便已暮年，而他们始终没有生活在一起，他们留给我们的是凄美的回忆。

但我们是活生生的人，我们不是小说，我们要朝朝暮暮，我们要活在同一个时间，我们要活在同一个空间，我们要相厮相守，相牵相挂，于是我放弃飞腾，回到人间，和一切庸俗的人同其庸俗。

如果相爱的结果是使我们平凡，让我们平凡。

如果爱情的历程是让我们由纵横行空的天马变而为忍辱负重行向一路崎岖的承载驾马，让我们接受。

如果爱情的轨迹总是把云霄之上的金童玉女贬为人间烟火中的匹妇匹夫，让我们甘心。

我们只有一生，这是我们唯一的筹码，我们要合在一起下注。

我们只有一世，这只是我们唯一的戏码，我们要同台演出。

于是，我们要了婚姻。

于是，我们经营起一个巢，栖守其间。

在厨房，有餐厅，那里有我们一饮一啄的牵情。

有客厅，那里有我们共同的朋友以及他们的高谈阔论。

有兼为书房的卧房，各人的书站在各人的书架里，但书架相衔，矗立成壁，连我们那些完全不同类的书也在声气相求。

129

有孩子的房间，夜夜等着我们去为一双娇儿痴女念故事，并且盖他们老是踢掉的棉被。

至于我们曾订下的山之盟呢？我们所渴望的水之约呢？让它等一等，我们总有一天会去的，但现在，我们已选择了从俗。

贴向生活，贴向平凡，山林可以是公寓，电铃可以是诗，让我们且来从俗。

姻缘

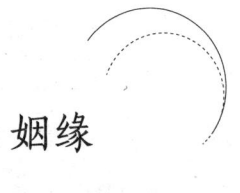

/ 史铁生

　　我在陕北的一处小山村插过队。我写过那地方，叫它作"清平湾"，实际的名称是关家庄。因为村前的河叫清平河，清平河冲流淤积出的一道川叫清平川。清平川蜿蜒百余里，串联起几十个村落。在关家庄上下的几个村子插队的，差不多都是我的同学，曾在同一所中学甚至同一个班级念书。也有例外，男士 A 不是我的同学但是和我们一起来到清平川插队，他是为了和我的同学男士 B 插在一处。但是阴差阳错，到了清平川，公社知青办的干部们将我和 B 等几个同学分配在关家庄，却把 A 与我的另几个同学安置在另一个村。费几番周折也没能改变命运的意图。这样男士Ａ便在另一个村中与我的同学女士Ｃ相识，在同一个灶上吃饭，在同一块地里干活，从同一眼井中担水，走同一条路去赶集，数年后二人由恋人发展成夫妻，在同一个屋顶下有了同一个家。有一回我跟他们开玩笑说："可记得你们的媒人是谁吗？是Ｂ！"大家愣一下，笑道："不，不是Ｂ，是公社知青办那几位先生。"大家笑罢又有了进一步觉悟，说："不不还是不对，不是Ｂ也不是那几位先生，是伟大领袖毛主席，若非他老人家的战略部署，Ａ和Ｃ何缘相识呢？"思路如此推演开去，疑为Ａ和Ｃ的媒人者纷纭而至呈几何级数增长，且无止境。

我难得登高望远。坐轮椅正坐至第二十个年头，尚无终期。

某一日电梯载我升上十几层高楼，临窗俯瞰，见城市喧嚣浩瀚比以前更大得触目惊心，楼堂房舍鳞次栉比也更多彩多姿，纵横交织的街道更宽阔美丽。唯如蚁的人群一如既往地埋头奔走，动机莫测出没无常；熙来攘往擦肩而过，就像互相绕开一棵树或一面墙；忽而也见两三位远远地扑来一处交头接耳，之后又分散融入人流再难辨认；一串汽车首尾相接飞驰向东，当中一辆不知瞬间受了什么引诱，减速出列掉头改道又急驶向西了；飘飘扬扬的一缕红裙，飘飘扬扬地分外醒目，但倏地永远不见了，于原来的地位上顶替以一位推车的老人；老人缓缓地走，推的是一辆婴儿车，车厢里的小孩儿顾自酣甜地睡着……我想，这老人这小孩儿恰是人间亿万命途的象征，来路和去向仍是一贯地神秘。

　　居高而望这宏大的人间，很可能正像量子力学家们对微观世界的测验和观察吧。书上说："经典力学具有完全确定的性质，即给出力和质量以及初始位置和速度，就能够精确地预言运动客体的未来或过去的性状。但是，在量子力学中，海森伯测不准原理指出微观粒子的位置和动量是不能同时精确测定的；因此牛顿定律不能适用于原子范围。量子力学定律并不描述粒子轨道的细节，它只能给出可能发生的事件及其在不同情况下发生的相对几率。"书上说，后来，物理学家把一切物质都看作具有波粒二象性。我想，人也是这样也具有波粒二象性吧。你每一瞬间都处于一个位置都是一个粒子，但你每时每刻都在运动你的历史正是一条不间断的波，因而你在任何瞬间在任何位置，都一样是命途难测。书上说："物质世界是由同时存在着的无穷大的场构成。"那么人间社会料必也是如此：在几十亿条命运轨道无穷多的交织组合之间，一个人的命运真可谓朝不虑夕了。你能知道你现在正走向什么？你能知道什么命运正向你走来吗？

我坐在十几层高楼的窗前，想起往日的一个男孩儿。那男孩儿七岁时有一次问他的母亲："什么是结婚？"母亲说："一个男人和一个女人，他们想要在一起生活。"七岁的男孩儿于是问父亲："你结婚了吗？"父亲说："如果我是你的父亲，我肯定是结过婚了。"男孩儿迷茫地想了一会儿，说："我不结婚。"母亲笑道："你现在当然不要结，但将来你会结。""为啥？""因为，一般来说，所有的人都要结婚。"为此男孩儿郑重其事地想了一个下午，晚上他又问母亲："那我和谁结婚呢？"母亲说："这现在谁也不知道。不过那个女孩儿可能正在向你走来。"男孩儿于是独自到阳台上去，俯瞰街上埋头奔走的人流，很想辨出那个女孩儿，很想看见她从哪儿走来……

这时我忽然想起问我的妻子："我七岁那年，你在哪儿？"她正读一本书，抬头望了望我，说："下次别再忘了——又过了三年我才出生。"她笑了。可我没笑。"那么那时你的父母，他们在哪儿？""很可能那时，"她一边重新埋下头去一边说，"我的父母还不相识。"

从上海来的一位朋友对我说，夏夜的外滩，情侣的密度当属世界之最。骄阳落去，皎月初升，江风习习吹开熏蒸的溽热之时你瞧吧，沿江的栅栏边，情男恋女伏栏面水倾诉衷肠，一条大队直排出几里，仿佛对黄浦江夹道的欢迎与欢送；一对紧挨一对，一对一对一对一对甚至互相不能留出间隙，一男一女一男一女一男一女，倘忽略每一颗头的扭向让你猜哪两个是一对，你有百分之五十的可能错点了鸳鸯。我对他的描述略表怀疑。"怎么你不信？"我的这位富于想象力的朋友笑道："这么说吧，要是这时有谁下一道命令，譬如喊一二三，或者吹一声哨，情男恋女们无需移动位置只要一齐转头一百八十度，便可在全新的组合中继续谈情说爱。"

"很可能，"我说，"这样的命令已经下过了。"

"下过了？"这一回轮到他怀疑。

"下过了，但是你没听见。"

"你听见了？"

"我有时感到我听见了。在你去外滩之前，在你去外滩之前很久上帝的哨子已经吹过了，因此你看见了你所看到的情景，你看见了你只能看到的一种组合。"

不久前我读一本书，书上说到洗牌。一局牌（不论是扑克还是麻将）开始，先要洗牌。连续的输家抱怨手气不好，尤其要洗牌，别人洗过了他还不能放心，一定要自己再洗，一面把牌打乱一面心中祈祷好运的来临。那本书的作者说：当然这会改变他的牌运，但是，到底是改变得更好了还是改变得更坏了却永远不能知道。被你洗掉了的种种排列，未及存在就已消逝，上帝只取其中一种与你遭遇。

一九九二年春节

不速之客

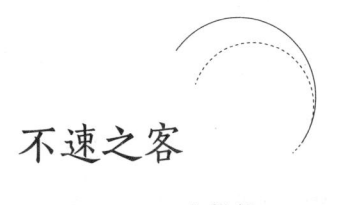

/ 郑振铎

这里离上海虽然不过一天的路程，但我们却以为上海是远了，很远了；每日不再听见隆隆的机器声，不再有一堆一堆的稿子待阅，不再有一束一束来往的信件。这里有的是白云，是竹林，是青山，如果镇日地靠在红栏杆上，看看山，看看田野，看看书，那么，便可以完全与外面的世界隔绝。偶然地听着鸟声碌格碌格地啭着，或一只两只小鸟，如疾矢似的飞过槛外，或三五丛蝉声曼长地和唱着，却更足以显出山中的静谧与心中的静谧来。

然而我们每天却有两次或三次是要与上海及外面世界接触的：一次便是早晨八时左右邮差的降临，那是照例总有几封信及一束日报递来的。如果今天邮差迟了一点来，或没有信件，我们心里便有些不安逸。

"我有信没有？"一见绿衣人的急步噔噔噔地上了楼，便这样地问；有时在路上遇见了，那时时间是更早，也便以这同样的问题问他。

他跑得满头是汗，从邮袋中取了信件日报出来，便又匆匆地转身下楼了。我到了山中不到三天，已与这个邮差熟悉。因为每次送这一带地方邮件的总是他。据他说，今年上山的人不到三百。因为熟悉了，在中途向他要信时，他当然不会不给的。

再一次是下午卫时左右：那时带了外面的消息来的，又是邮差，且又是同样的那一个邮差；不过这一次是靠不住的，有时来，有时不来。

最后一次是夜间九十时左右，那时是上海或杭州的旅客由山下坐了轿子来的时候。因为滴翠轩的一部分是旅馆，所以常常有旅客来。我的房间隔壁，有两间空房，后面也有一间，这几个房间的住客是常常更换的。有时是官僚，有时是军人，有时是教育家，有时是学生——我还曾在茶房扫除房间时，见到一封住客弃掉的诉说大学生活的苦闷的信——有时是商人，有时是单身，有时是带了女眷。虽然我是不大同他们攀谈的，但见了他们的各式各样的脸，各式各样的举动，也颇有趣。不过他们来时，往往我们已经睡了。第二天一清晨，便听见老妈子们纷纷传说来的是什么样的人。有时，座谈得迟了，便也看见他们的上山。大约每一两夜总有一批人来。一见轿夫挑夫的喧语、呼唤茶房的声音、楼梯上杂乱匆促的足步声，便知山客是又多了几个了。有时，坐在廊前，也看见对山有灯火荧荧的移动。老妈子们便道："又有人上山了。"刘妈道："一个，两个，还有一个，妈妈呀，轿子多着呢！今天来的人真不少呀！"这些人当然不是到滴翠轩来的，因为到滴翠轩是走老路近，而对山却是新路，轿夫们向来不走的。走新路的，都是到岭上各处别墅上去的。

　　第一次第二次的外面消息，是我们所最盼望的，因为载来的是与我们有关的消息。尤其热忱的来候着的是我。因为，箴没有和我同来，我几次写信去，总催她快些上山来。上海太热，是其一因，还有……

　　别离，那真不是轻易说的。如果你偶然孤身做客在外，如果你不是怕见你那母夜叉似的妻，如果你没有在外眷恋了别一个女郎，你必定会时时地想思到家中的她，必定会有一种说不出的离情别绪萦挂在心头的，必定会时时地因事，因了极小极小的事，而感到一种思乡或思家之情怀的。那是每个人都是这个样子的，毋庸其讳言。即使你和她向来并不怎么和睦，常常要口角几声，隔了几天，且要大闹一次的，然而到了别离之后，你却在心头翻腾着对于她的好感。别离使你忘了她的坏处，而只想到了她，特别是她的好处。也许你们一见面，仍然再要口角，再要拍桌子、摔东西的大闹，然而这时却有一根极坚固极大的无形的情线把你和她牵住，要使你们互相接近。你到了快归家时，你心里必定是"归心如箭"；你到了有机会时，必定要立刻的接了她出来同住。有几个朋友，在外面当教员的，一到暑假，经过上海回家时，必定是极匆忙地回去，多留一天也不肯。"他是急于要和他夫人见面呢。"大家都嘲笑似的谈着。那不必笑，换了你，也是要如此的。

这也毋庸讳言，我在这里，当然的，时时要想念到她。我写了好几封信给她，去邀她来。"如果路上没有伴，可叫江妈同来。"但她回了信，都说不能来。我们大约每天总有一封信来往，有时有两封信，然而写了信，读了信，却更引起了离别之感。偶然她有一天没有信来，那当然是要整天的不安逸的。

"铎，你不在，我怎么都不舒服，常常的无端生气，还哭了几次呢。你什么时候才能回来呢？"这是她在我走了第二日写来的信。

凄然的离情，弥漫了全个心头，眼眶中似乎有些潮润，良久，良久，还觉得不大舒适。

听心南先生说，有两位女同事写信告诉他，要到山上来住。那是很好的机会，可以与箴结伴同行的。我兴冲冲地写了信去约她。但她们却终于没有成行，当然她也不来了。我每天匆匆地工作着，预备早几天把要做的工做完。她既不能来，还是我早些回去吧。

有一次，我写信叫她寄了些我爱吃的东西来。她回信道："明后天有两位你所想不到的人上山来，我当把那些东西托他们带上。"

这两位我所想不到的人是谁呢？执了信沉吟了许久，还猜不出。也许是那两位女同事也要来了吧？也许是别的亲友们吧？我也曾写信去约圣陶、予同他们来游玩几天，也许会是他们吧？

一天过去了，两天过去了，这两位还没有到，我几乎要淡忘了这事。

第三夜，十点钟的左右，我已经脱了衣，躺在床上看书。

倦意渐渐迫上眼睫，正要吹灭了油灯，楼梯上突然有一阵匆促的杂乱的足步声；这足步到了房门口，停止了。是茶房的声音叫道：

"郑先生睡了没有？楼下有两位女客要找你。"

"是找我么？"

"她说是要找你。"

我心头扑扑的跳着。女客？那两位女同事竟来了么？匆匆地穿上了睡衣，黑漆漆地摸到楼梯边，却看不出站在门外的是谁。

"铎，你想得到是我来了么？"这是篯的声音，她由轿夫执的灯笼光中先看见了我，"是江妈伴了我来的。"

这真是一位完全想不到的不速之客！

在山中，我的情绪没有比这一时更激动得厉害的了。

一九二六年十一月二十八日

婚礼现场

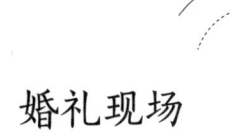

/ 肖复兴

在美国，看到很多结婚的现场，新娘婚纱白色曳地长裙，新郎漂亮的笔挺西装，伴郎伴娘，还有小伴郎伴娘，都是衣着鲜艳。他们簇拥着，欢笑着，跑着，或像是踏着《婚礼进行曲》的节奏缓缓地走着，如同盛开并像是长了脚的移动的鲜花，不停地变换着身后的背景，在很多地方上演着这样童话剧般的一幕幕。

只是，他们的婚礼现场，不像我们这里，一般都是在大饭店，请来婚庆公司专业的婚庆司仪主持。约定俗成，却也千篇一律，热热闹闹吃吃喝喝的趋同性，彼此仿照攀比，让我们飞蛾扑火一般乐此不疲。

日落尤其温柔，
人间皆是浪漫

　　他们的婚礼现场，很多是在教堂。当然，这和他们的宗教信仰有关，而不像我们有的婚礼现场也选择在教堂甚至是外国的教堂，却和信仰无关，只图新潮时髦。引我兴趣的，并不是教堂的婚礼现场，而是他们选择的多样性，不拘一格，随意而富有创意。其中不少是在公园的草坪上，在大学的校园里。曾有些小肚鸡肠的猜想，这大概是费用最便宜的选择了，清风朗月，不用一文钱。但又一想，公园还是校园，满目的花草树木，清香缭绕，纯净自然，是饭店里酒肉香味无法比拟的。婚礼的本意，并不是要异化成简单的一顿吃喝。更何况校园永远和青春联系在一起，新郎新娘不少刚刚离开大学校园不久，婚礼本身就是青春的盛典，校园的风景让他们想起曾经的以往，小轩愁入丁香结，幽径春生豆蔻梢；也让他们向往年老时旧地重游的以后，远客岂知今再到，老树犹记昔相逢。

　　在纽约的中央公园，在芝加哥的格兰特公园，在新泽西的普林斯顿大学，在布鲁明顿的印第安纳大学，我都看见过很多对新郎新娘手牵着手，漫步在那里的花草丛中或林荫道上。前面有摄影的人忙着为他们拍照，后面跟着一长溜儿伴郎伴娘和参加婚礼的队伍，像一条蜿蜒而缠绵的游龙。很少有见到人上前去凑热闹围观，大家只是站在远处为他们默默地祝福。再远

144

处，有时还会意外出现有身着古典服装的乐手。在普林斯顿大学，我就看到一位号手，笔直地站在那里，为他们吹奏长号送行。那是他们特意请来的，号声悠远而绵长，尾音消失在绿荫之中，仿佛都化为了绿色的精灵，环绕着他们，弥漫在整个校园。那真的是非常美的一幕。

他们的婚礼现场，有的还选择在图书馆。这是一个很特别的选择，起码在我看来，还从来没有见过这样的选择。美国经济危机以来，政府为公共图书馆的财政投入减少，图书馆为增加收入而开辟婚礼现场空间，为这样的选择创造了客观的条件。但是，要我来说，这真的是一个不错的选择。让书香陪伴婚礼，是剑配鞘、马配鞍、葡萄美酒配夜光杯的绝配。让满架满楼的书籍见证婚礼，是别致却有力、无声却有韵律的见证。那里的每一册图书，都是他们的伴郎伴娘，是他们的朋友宾客，是他们的见证人和守护符。

在印第安纳波利斯的公共图书馆，我幸运地见到这样动人的一幕。婚礼在周日下午五点开始，秋日的阳光非常的温暖，透过图书馆阔大的玻璃窗照射进来，折射出七彩的光晕，有些像是从教堂里彩色玻璃窗透射进来的，却比教堂的阳光明亮而灿烂。这个图书馆建得非常漂亮，一楼借阅处前宽敞的大厅，为婚礼现场提供了绝佳的空间。它的一个侧面的墙上有漂亮的浮雕，另一侧则是从天窗垂落而下的一面面装饰用的蓝色旗子，成为这一天庆祝婚礼的旗子，那样巧合，又那样恰如其分，是婚礼现场从未有过的背景。阳光在旗子上面跳动着耀眼的光斑，像是活了一样，鱼一样张着无数的小嘴，喁喁地吟唱着无字诗和无声的音乐，为婚礼默默地伴奏。我到的时间还没到五点，婚礼现场还在紧张地布置当中，一台台圆桌上铺上白色的桌布，主席台也铺着白色的地毯，幕布也是白色的，台前的气球也是白色的，四周用白色的镂空枝形的装饰雕栏围起，一切都显得那么的圣洁，犹如白色的圣诞。

美国的婚礼现场，真有些五花八门，甚至有些无孔不入。

还是在印第安纳波利斯，还是同一天，不过是在晚上，一对黑人新郎新娘的婚礼，居然在市中心的一个 mall（购物中心）里举行。这个 mall 很大，二楼有一道封闭的空中走廊，连接着下面两条古老的街道。婚礼现场就在这个空中走廊里。两侧的窗户映彻着灯火璀璨的街景，走廊的尽头是琳琅满目的橱窗和川流不息的人群。空中走廊外喧嚣的市声，走廊内来来往往纷杂的脚步声，环绕立体声一般，荡漾在婚礼现场，他们似乎图的就是这份热闹与嘈杂劲儿，不图一般婚礼的庄严神圣，而愿意将婚礼拉下神坛，和世俗拥抱。

最有意思的是，隔一条街便是市中心的广场，高高的士兵水手纪念碑前的台阶上，站着合唱团的人群，露天音乐会就要开始。当一队一律身穿玫瑰紫的裸肩长裙的黑人姑娘，和一律黑色西装的黑人小伙，簇拥着一对黑人新人，穿过人流如鲫的街道，爬上这空中走廊的时候，广场上的合唱曲正在响彻云天地唱起，荡漾在这座城市的夜空。

还有比这更荡气回肠的《婚礼进行曲》吗？

费城浪漫曲

/ 肖复兴

费城市中心有座公园，颇有点像巴黎的卢森堡公园，特别是一方水池很像卢森堡公园里的美第奇喷泉，只是更小巧袖珍。紧邻费城寸土寸金的商业街，能有这样一块闹中取静的公园，要归功于当初城市的规划者。

夏天的公园里，绿荫如盖，一下子凉快了许多。是个周末的黄昏，我走进公园的时候，发现人比往日多，今年夏季费城奇热无比，人们都到这里来乘凉了。沿着甬道走进去，一路看见好几位街头艺人，在演奏萨克斯和吉他，或自吟自唱，他们的身边放着一个小纸盒，或自己的帽子，供游人往里面放钱。

这算是这座公园的一景吧。附近居住的人，逛商业街逛累

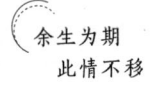

的人，都愿意到这里来，顺便听听他们的卖唱，他们的技艺正经不错呢。

走到公园深处这座水池前的时候，看见两个华人小伙子正在那里演奏小提琴，听不出是什么乐曲，旋律如怨如诉，格外幽婉抒情，二重奏的效果非常好听，起伏的鸽子一样，在身边翩飞萦绕。忍不住坐在水池边倾听，才发现四周已经坐着不少人。好听的音乐总能如磁铁一样吸引人。

起初，我以为和刚才看到的卖艺者一样，也是两个街头艺人，但我很快否认了自己的这个猜测。两个小伙子都穿着笔挺的西装，白衬衫配黑裤子、黑皮鞋，非常正规的演出服，根本不像刚才看见的卖艺者穿戴随便，有的简直就像嬉皮士。而且，他们的身边也没有纸盒或帽子，如果是卖艺者，人们往哪里给他们放钱呢？

那么，他们为什么要到这里演奏？便猜想或许是音乐学院的学生，利用周末到这里来练练手，为将来的成功先奏响一支序曲？

就在这时候，忽然看见一男一女两个白人走到演奏者前面小小的空场里。小提琴声如此缠绵悱恻，谁都想跳进乐曲旋律的旋涡里，就像这样炎热的天气里跳进身后的水池中清凉一番，所有的观赏者没有任何反应，仍然关注于小提琴。我仔细打量了他们一下，两人都很年轻，男的长相英俊，女的身材秀丽，只是和两个演奏者相比，他们的穿戴实在太随意了，男的穿着短裤和人字凉鞋，女的穿着豆青色抹胸连衣裙，他们每人的手里还各牵着一条小狗。心里想，一定和我一样，也是来逛公园的，听到这样迷人的音乐，忍不住跳进去翩翩起舞。

小提琴声还在轻柔地飘荡着，仿佛因为有人走到他们面前捧场而拉得格外来情绪，声音显得越发柔肠绕指，拉得人心里都跟着一起绵软得要融化了。只看那一对男女手牵着手，来回转着圈，轻轻地随着乐曲舞动了起来。由于节奏很舒缓，他们的步子如同踩在云朵里，轻柔得几乎看不出来。然后，女的把自己的牵狗绳交给了男的，本来一边一只的小狗，聚拢在一块，和他们的主人一样欢快地亲热起来。女的则腾出了两只手，伸了出来，娥菲丽娅的花环一样，轻轻地环绕在男的脖子上，一双天蓝色的眼睛，那么近地望着男的。

人群里有人叫了一声："吻一个！"

男的很矜持，微微地笑了，弯下了头，吻了一下女的。人群里响起了掌声。女的忍不住紧紧地拥抱着男的，头靠在他肩上，一头金色的长发如金色的瀑布一样流泻下肩头。

如果是一般人，这时候是恰到好处的高潮，有音乐，有掌声，有热辣辣的夕阳，该退场了。谁想到他们两个人却有些恋恋不舍，就像两只戏水的鸳鸯，舍不得离开这样清澈的水池。

当女的头从男的肩头上抬起来，男的扶着她纤纤细腰，轻轻地兜了一圈，长摆的连衣裙兜起一个漂亮的弧。然后，他们紧紧地拥抱，又密密地接吻。掌声再一次响起。那一刻，我以为周围的观众在起哄，我甚至以为是不是在拍摄电影。但我看了一下，人们很真诚地望着他们，树丛中也没有摄影或摄像机。而两位小提琴手似乎没有受到任何干扰，一如既往地拉着小提琴，琴声没有中断，如同两泓长长的泉水潺潺地流淌。

这一对男女如此往复了好多次旋转拥抱和接吻之后，男的把自己手指上的一枚铂金戒指戴在女的手指上的时候，最后一次掌声响起来。我和在场的所有人此刻都明白了，一切是他们的安排，地点是他们选定的，琴手是他们请来的，效果是他们设想的，只有夕阳和我们是不请自来的。他们把自己的求婚仪式别出心裁地放在了这里，放在了小提琴幽幽的旋律里，一定让他们自己感动了。我都有些感动，对比我们这里豪华宴席、高档名车，乃至九百九十九朵玫瑰式的奢靡却千篇一律的示爱求婚或结婚的仪式，他们的朴素和新颖，需要智慧，更需要对爱的理解。

我看到，他们手挽着手向两位小提琴手走去，琴手收弓了，他们笑着向琴手握手致谢。夕阳的余晖，正射在他们的脸上，还有那枚戒指和两把小提琴上，跳跃着金子般的光亮。

二〇一〇年九月一日写于新泽西

街头的吻

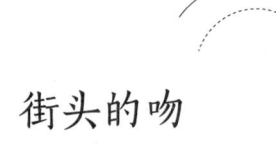

/ 冯骥才

离开巴黎的前一天，我去到旅游纪念品商店，打算选几张明信片做个纪念。巴黎的明信片花花绿绿，都很漂亮和诱人。但我没有像旅游者那样，去选那种风景名胜的画面。什么埃菲尔铁塔呀，巴黎圣母院呀，还有贝聿铭用他那个有名的玻璃金字塔做入口的卢浮宫呀。我从架上拿了这样一张——一对年轻男女正在街头忘情地接吻。这时，身旁一位陌生的法国男子朝我微笑着点一点头。他表示很同意我这个外来客的选择。我呢？向他得意地一扬眉毛。似在说："我当然懂得，这才是巴黎！"

两个多月前，我到巴黎，便被主人安排在拉丁区一条又弯

153

又窄的老街上。从这条街走出来便是巴黎人无人不知的圣·米歇尔广场。它在一座带有雕像与喷泉的纪念碑式建筑前,是一个三角形的广场。广场不大,但它直对着塞纳河上一座桥的桥口,又是几面临街,视野开阔,四通八达。无论地上还是地下的交通,这儿全是枢纽。故此,许久以来它一直是巴黎的情人约会的地方。我每天至少两次经过这里。广场上总是站着一些等候情人的人,或男或女。逢到下雨,每人举着一把伞,痴痴立着,他们的倒影静静地反照在地上的雨水里,非常动人。没有等到情人的人都很孤单。正在相爱的人都很幸福。有时一大片站在那里,虽然彼此绝对地各不相关。但他们共同心怀着的那种爱的期待却令人感到一种无声的震撼。细看他(她)们——有的耐心伫立,有的不安地东张西望,有的着急地掏出手机打起来。最司空见惯的画面便是一对邂逅的男女激情地拥抱和亲吻起来。完全不管周围这个人来人往和车来车去的闹市。

街头的吻从来都是巴黎最迷人的风情画。

自从一八四八年照相机进入社会生活,巴黎的这种街头亲吻的情景便时时进入摄影家们的镜头,成为杰作,使得不少摄影家名扬天下。我曾对一位旅行者开玩笑说,你随便举着照相机，在巴黎街头胡乱地按快门，回去冲洗出来看看，保准每一卷都会有一张接吻的照片。无论是街头巷尾，还是河边、桥上、地铁站、露天的咖啡店等，时时可以看到一对男女在那里亲吻。可以说，亲吻是巴黎人的一种公开的爱情语言。情感过剩的巴黎人总是按捺不住心中盈满的爱。如果他们过街时遇到红灯，在等候变灯时也会吻两下；如果他们驾车遇上红灯，那正是好好亲吻一阵子的好时候。我见过一对年轻人走到大街中央忽然紧紧拥抱，热吻起来，来往的车辆全都不按喇叭，而是鱼贯地绕过他们而前行。热吻中情人脚下的土地，永远是巴黎街心的安全岛。这样的画面除去巴黎，大概只有在电影中才能出现。如果你再往细处看一看，会发现他们这种接吻的语言十分丰富，绝不千篇一律。有的在表达着明媚而清纯的爱意，有的在诉说心中的缠绵，有的几乎是铺天盖地的誓言。

巴黎简直是一块接吻的圣地！

当然，我在世界很多地方也见到过这种街头的景象。比如柏林、纽约、卢森堡、奥斯陆，乃至神户和新加坡。但我总觉得那些街头的吻很像是一种仿制品。不如法国人来得这样纯正、这样自然！如今中国的大街上偶尔也能见到这种"奇观"了。但目前中国人的街头亲吻更像是一种勇气的公开张扬，或是一种反传统的方式。而法国人的街头亲吻则是亲吻的本身。他们完全听凭于情感，随心所欲，要吻就吻。大概为此，人们才说法国人是浪漫的。

当然，有人会说美国人更浪漫。然而这浪漫的本质有些不同。法国人的浪漫多些精神意味，美国人的浪漫直通着性。法国人幻想着一个长长的吻能够到达永远。而美国人的吻不超过一分钟就开始脱衣服了。美国人的好莱坞所描述的爱情的最高境界，便是性的如狼似虎；而法国人说性"不是自私的情欲，而是肉体也要参与一份的崇高的友谊"。这是罗曼·罗兰在《约翰·克利斯朵夫》中的一句话。所以，美国人浪漫的符号是纽约四十二街红灯区那种只穿一双高跟鞋的裸女；法国人浪漫的符号则是这种街头的吻。

法国人很得意他们的街头亲吻。我想，最深刻的意义则是他们喜欢这种可以随处看到的爱意的表达，这种美丽的生活图景，还有没有约束的自由自在的人性环境。于是街头的吻成了巴黎一种最迷人的风情，也是最深刻的一种风光。

一次，我从一座高楼的九层乘电梯下来。同梯的一对男女忽然亲吻起来。顷刻间，他们吻得像一团火。直到底层，电梯门打开，他们依然吻得烈火熊熊。同梯的人若无其事地走出来，没有人去告诉他们该下电梯了。我在巴黎已生活了一个多月，也知道不该去打扰他们。因为对于他们来说，此时爱比"下电梯"重要百倍。我便走出来。等我回头，电梯门正慢慢关上时，那一对男女还在依然故我地吻着。然后是电梯门关闭，电梯升上去。我想里面那对年轻人在热吻中渐渐升空的感觉一定会像神仙一样美妙。

我把这事告诉一位法国朋友。这位朋友说："如果他们是在飞机上接吻，到站也不下来，有可能他们又飞回去了。"

我说："如果飞回去还在一直吻着，依旧不下飞机，不是重新又飞回来了？"

我们都笑起来。笑了半天。

老夫老妻

/ 冯骥才

他俩又吵架了。

可是今天的架打得空前厉害，起因却很平常，不过是老婆儿把晚饭烧好了，老头儿还趴在桌上通烟嘴，弄得纸块呀、碎布条呀、粘着烟油子的纸捻子呀，满桌子都是。老婆儿催他收拾桌子，老头儿偏偏不肯动。老婆儿便像一般老太太们那样叨叨起来。老婆儿们的唠唠叨叨是通向老头儿们肝脏里的导火线，不会儿就把老头儿的肝火引着了。两人互相顶嘴，翻起对方多年来一系列过失的老账，话愈说愈狠。老婆儿气得上来一把夺去烟嘴塞在自己的衣兜里，惹得老头儿一怒之下，把烟盒扔在地上，还嫌不解气，手一撩，又将烟灰缸子打落地上。还抓起桌上沏满热茶的大瓷壶，用力"叭"地摔在地上，老婆儿吓得一声尖叫，看着满地碎瓷片和溅在四处的水渍，老婆子直气得冲着老头大叫：

"离婚！马上离婚！"

同样的怒火也在老头儿的心里燃烧着。只见他嘴里一边像火车喷气那样不断发出声音，一边冲到门口，猛拉开门跑出去，还使劲带上门。好似从此一去就再不回来。

老婆儿火气未消，站在原处，面对空空的屋子，一种伤心和委屈爬上心头。她想，要不是自己年轻时候得了那场病，有了孩子，她可以同孩子住去，何必跟这愈老愈执拗、愈急躁、愈混账的老东西生气？

不知为什么，他们每次打架过后两小时，心情就非常准时地发生变化，像刚才那么点儿小事还值得吵闹么？——她每次吵过架冷静下来时都要想到这句话。可是……老头儿总该回来了；他们以前吵架，他也跑出去过，但总是一个小时左右就悄悄回来了。但现在已经两个小时仍没回来。外边正下大雪，老头儿没戴帽子、没围围巾就跑了，外边地又滑，瞧他临出门时气冲冲的样子，别不留神滑倒摔坏吧？想到这儿，她竟在屋里待不住了，起身穿上外衣，走出房子去了。

雪下得正紧，雪是夜的对比色，好像有人用一支大笔蘸足了白颜色把所有树枝都复勾一遍，使婆娑的树影在夜幕上白绒绒、远远近近、重重叠叠地显现出来。于是这普普通通、早已看惯了的世界，顷刻变得雄浑、静穆、高洁，充满活鲜鲜的生气了。

她一看这雪景，突然想到她和老头儿的一件遥远的往事。五十年前，他们在一个学生剧团。她的舞跳得十分出众。每次排戏回家晚些，他都顺路送她回家。她记得那天也是下着大雪，两人踩着雪走，也是晚上八点来钟，在沿着河边的那段宁静的路上，他突然仿佛抑制不住地把她拉到怀里去。她猛地推开他，气得大把大把抓起地上的雪朝他扔去。直打得他浑身上下像一个雪人。他们的恋爱就这样开始了。——从一场奇特的战斗开始的。

多少年来，这桩事就像一张画儿那样，分外清楚而又分外美丽地收存在她心底。每逢下雪天，她就不免想起这桩醉心的往事。年轻时，她几乎一见到雪就想到这事；中年之后，她只是偶然想到，并对他提起，他听了都要会意地一笑，随即两人都沉默片刻，好像都在重温旧梦。自从他们步入风烛残年，即使下雪天气也很少再想起这桩事。但为什么今天它却一下子又跑到眼前，分外新鲜而又有力地来撞她的心？

可现在她多么希望身边有一只手，夕阳老头儿在她身边！

真幸运呢！她这么老，还有个老伴。四十多年如同形影，紧紧相随。尽管老头儿爱急躁，又固执，不大讲卫生，心也不细等等，却不失为一个正派人，一辈子没做过一件亏心的事。一副直肠子，不懂得与人记仇记恨……她愈想，老头儿似乎就愈可爱了。

她在雪地里走了一个多小时，老头儿仍不见，雪却稀稀落落下小了。只有先回去了，看看老头儿是否已经回家了。当将要推开屋门时，心里默默地念叨着："愿我的老头儿就在屋里！"

屋门推开了，啊！老头儿正坐在桌前抽烟。地上的瓷片都扫净了。炉火显然给老头儿捅过，呼呼烧得正旺。顿时有股甜美而温暖的感觉，把她冻得发僵的身子一下子紧紧地攫住。她还看见，桌上放着两杯茶，一杯放在老头儿跟前，一杯放在桌子另一边，自然是斟给她的……老头儿见她进来，抬起眼看她一下，跟着又温顺地垂下眼皮。

她站着，好像忽然想到什么，伸手从衣兜里摸出刚才夺走的烟嘴，走过去，放在老头儿跟前。什么话也没说，赶紧去给空着肚子的老头儿热菜热饭，还煎上两个鸡蛋……

161

人间自有真情在

/季羡林

前不久，我写了一篇短文《园花寂寞红》，讲的是楼右前方住着的一对老夫妇，男的是中国人，女的是德国人。他们在德国结婚后，移居中国，到现在已将近半个世纪了。哪里想到，一夜之间，男的突然死去。他天天侍弄的小花园，失去了主人。几朵仅存的月季花，在秋风中颤抖，挣扎，苟延残喘，浑身凄凉、寂寞。

我每天走过那个小花园，也感到凄凉、寂寞。我心里总在想：到了明年春天，小花园将日益颓败，月季花不会再开。连那些在北京只有梅兰芳家才有的大朵的牵牛花，在这里也将永远永远地消逝了。我的心情很沉重。

昨天中午，我又走过这个小花园，看到那位接近米寿的德国老太太在篱笆旁忙活着。我走近一看，她正在采集大牵牛花的种子。这可真是件新鲜事儿。我在这里住了三十年，从来没有见到过她侍弄过花。我曾满腹疑团：德国人一般都是爱花的，这老太太真有点个别。可今天她为什么也忙着采集牵牛花的种子呢？她老态龙钟，罗锅着腰，穿一身黑衣裳，瘦得像一只螳螂。虽然采集花种不是累活，她干起来也是够呛的。

我问她，采集这个干什么？她的回答极简单："我的丈夫死了，但是他爱的牵牛花不能死！"

我心里一亮，一下子顿悟出来了一个道理。她男人死了，一儿一女都在德国。老太太在中国可以说是举目无亲。虽然说是入了中国籍，但是在中国将近半个世纪，中国话说不了十句，中国饭吃不惯。她好像是中国社会水面上的一滴油，与整个社会格格不入，平常只同几个外国人和中国留德学生来往，显得很孤单。我常开玩笑说：她是组织上入了籍，思想上并没有入。

到了此时，老头已去，儿女在外，返回德国，正其时矣。

然而她却偏偏不走。道理何在呢？我百思不得其解。

现在，一个非常偶然的机会让我看到她采集大牵牛花的种子。我一下子明白了：这一切都是为了死去的丈夫。

丈夫虽然走了，但是小花园还在，十分简陋的小房子还在。这小花园和小房子拴住了她那古老的回忆，长达半个世纪的甜蜜的回忆。这是他俩共同生活过的地方。为了忠诚于对丈夫的回忆，她不肯离开，不忍离开。我能够想象，她在夜深人静时，独对孤灯。窗外小竹林的窸窣声，穿窗而入。屋后土山上草丛中秋虫哀鸣。此外就是一片寂静。丈夫在时，她知道对面小屋里还睡着一个亲人，使自己不会感到孤独。然而现在呢，那个人突然离开自己，走了，永远永远地走了。茫茫天地，好像只剩下自己孤零一人。人生至此，将何以堪！

设身处地，如果我处在她的位置上，我一定会马上离开这里，回到自己的祖国，同儿女在一起，度过余年。

然而，这一位瘦得像螳螂似的老太太却偏偏不走，偏偏死守空房，死守这一个小花园。我知道：这一切都是为了她死去的丈夫。

这一位看似柔弱实极坚强的老太太，已经走到了人生的尽头。这一点恐怕她比谁都明白。然而她并未绝望，并未消沉。她还是浑身洋溢着生命力，在心中对未来还充满了希望。她还想到明年春天，她还想到牵牛花，她眼前一定不时闪过春天小花园杂花竞芳的景象。谁看到这种情况会不受到感动呢？

我想，牵牛花而有知，到了明年春天，虽然男主人已经不在了，但它一定会精神抖擞，花朵一定会开得更大，更大，颜色一定会更鲜，更艳。

一九九二年九月二十日

日本古代中世人名辭典

第四章

聚散匆匆
此恨无穷

愿你的灵魂在冥冥中
给我一点勇气，让我在这生命的
道上不感受到孤立的恐慌。

哭摩

/ 陆小曼

我深信世界上怕没有可以描写得出我现在心中如何悲痛的一支笔。不要说我自己这支轻易也不能动的一支。可是除此我更无可以泄我满怀伤怨的心的机会了，我希望摩的灵魂也来帮我一帮，苍天给我这一霹雳直打得我满身麻木得连哭都哭不出，浑身只是一阵阵的麻木。几日的昏沉直到今天才醒过来，知道你是真的与我永别了。摩！漫说是你，就怕是苍天也不能知道我现在心中是如何的疼痛，如何的悲伤！从前听人说起"心痛"我老笑他们虚伪，我想人的心怎会觉得痛，这不过说说好听而已，谁知道我今天才真的尝着这一阵阵心中绞痛似的味儿了。你知道么？曾记得当初我只要稍有不适即有你声声的在旁慰问，咳，如今我即使是痛死也再没有你来低声下气地慰问了。摩，你是不是真的忍心永远地抛弃我了么？你从前不是说你我最后的呼吸也须要连在一起才不负你我相爱之情么？你为甚么不早些告诉我是要飞去呢？直到如今我还是不信你真的是飞了，我还是在这儿天天盼着你回来陪我呢，你快点将未了的事情办一下，来同我一同去到云外去优游去罢，你不要一个人在外逍遥，忘记了闺中还有我等着呢！

这不是做梦么？生龙活虎似的你倒先我而去，留着一个病恹恹的我单独与这满是荆棘的前途来奋斗。志摩，这不是太惨了么？我还留恋些甚么？可是回头看看我那苍苍白发的老娘，我不由一阵阵只是心酸，也不敢再羡你的清闲爱你的优游了，我再哪有这勇气，去看她这个垂死的人而与你双双飞进这云天里去围绕着灿烂的明星跳跃，忘却人间有忧愁有痛苦像只没有牵挂的梅花鸟。这类的清福怕我还没有缘去享受！我知道我在尘世间的罪还未满，尚有许多的痛苦与罪孽还等着我去忍受呢。我现在唯一的希望是你倘能在一个深沉的黑夜里，静静凄凄地放轻了脚步走到我的枕边给我些无声的私语让我在梦魂中知道你！我的大大是回家来探望你那忘不了你的爱来了，那时间，我绝不张皇！你不要慌，没人会来惊扰我们的。多少你总得让我再见一见你那可爱的脸我才有勇气往下过这寂寞的岁月，你来罢，摩！我在等着你呢。

事到如今我一点也不怨，怨谁好？恨谁好？你我五年的相聚只是幻影，不怪你忍心去，只怪我无福留，我是太薄命了，十年来受尽千般的精神痛苦，万样的心灵摧残，直将我这颗心打得破碎得不可收拾，今天才真变了死灰的了，也再不会发出怎样的光彩了。好在人生的刺激与柔情我也曾尝味，我也曾容忍过了。现在又受到了人生最可怕的死别。不死也不免是朵憔悴的花瓣再见不着阳光晒也不见甘露漫了。从此我再不能知道世间有我的笑声了。

经过了许多的波折与艰难才达到了结合的日子，你我那时快乐直忘记了天有多高地有多厚，也忘记了世界上有忧愁二字，快活的日子过得与飞一般快，谁知道不久我们又走进忧城。病魔不断地来缠着我。它带着一切的烦恼、许多的痛苦，那时间我身体上受到了不可言语的沉痛，你精神上也无端地沉入忧闷，我知道你见我病身呻吟，转侧床第，你心坎里有说不出的怜惜，满肠中有无限的伤感。你曾慰我，我却无从使你再有安逸的日子，摩，你为我荒废了你的诗意，失却了你的文兴，受着一般人的笑骂，我也只是在旁默然自恨，再没有法子使你像从前的欢笑。谁知你不顾一切地还是成天地安慰我，叫我不要因为生些病就看得前途只是黑暗，有你永远在我身边不要再怕一切无谓的闲论。我就听着你静心平气的养，只盼着天可怜我们几年的奋斗，给我们一个安逸的将来。谁知道如今一切都是幻影，我们的梦再也不能实现了，早知有今日何必当初你用尽心血地将我抚养呢？让我前年病死了，不是痛快得多么？你常说天无绝人之路，守着好了，哪知天竟绝人如此，哪里还有我平坦走着的道儿？这不是命么？还说甚么？摩，不是我到今天还在怨你，你爱我，你不该轻身，我为你坐飞机，吵闹不知几次，你还是忘了我的一切的叮咛，瞒着我独自地飞上天去了。

完了，完了，从此我再也听不到你那叽咕小语了，我心里的悲痛你知道么？我的破碎的心留着等你来补呢，你知道么？唉，你的灵魂也有时归来见我么？那天晚上我在朦胧中见着你往我身边跑，只是那一霎眼的就不见了，等我跳着、叫着你，也再不见一些模糊的影子了。咳，你叫我从此怎样度此孤单的日月呢？真是叫天天不应，叫地地不响，苍天如何给我这样惨酷的刑罚呢！从此我再不信有天道，有人心，我恨这世界，我恨天，恨地，我一切都恨，我恨他们为甚么抢了我的你去，生生地将我们两颗碰在一起的心离了开去，从此叫我无处去摸我那一半热血未干的心。你看，我这一半还是不断地流着鲜红的血，流得满身只成了个血人。这伤痕除了那一半的心血来补，还有甚么法子不叫她不滴滴的直流呢？痛死了有谁知道？终有一天流完了血自己就枯萎了。若是有时候你清风一阵地吹回来见着我成天为你滴血的一颗心，不知道又要如何地怜惜如何地张皇呢，我知道你又看着两个小猫似眼珠儿乱叫乱叫着，我希望你叫高声些，让我好听得见，你知道我现在只是一阵阵糊涂，有时人家大声地叫着我，我还是东张西望不知声音是何处来的呢。大大，若是我正在接近着梦边，你也不要怕扰了我的梦魂像平常似的不敢惊动我，你知道我再不会骂你了，就是你扰我不睡我也不敢再怨了，因为我只要再能得到你一次的扰，我就可以责问他们因何骗我说你不再回来，让他们看着我的摩还是丢不了我，乖乖地又回来陪伴着我了，这一回我可一定紧紧地搂抱你再不能叫你飞出我的怀抱了。天呀！可怜我，再让你回来一次罢！我没有得罪你，为甚么罚我呢？摩！我这儿叫你呢，我喉咙里叫得直要冒血了，你难道还没有听见么？直叫到铁树开花，枯木发声我还是忍心等着，你一天不回来，我一天地叫，等着我哪天没有了气我才甘心地丢开这唯一的希望。

你这一走不单是碎了我的心，也收了不少朋友伤感的痛泪。这一下真使人们感觉到人世的可怕，世道的险恶，没有多少日子竟会将一个最纯白最天真不可多见的人收了去，与人世永诀。在你也许到了天堂，在那儿还一样过你的欢乐的日子，可是你将我从此就断送了。你以前不是说要我清风似的常在你的左右么？好，现在倒是你先化着一阵清风飞去天边了，我盼你有时也吹回来帮着我做些未了的事情，只要你有耐心的话，最好是等着我将人世的事办完了同着你一同化风飞去，让朋友们永远只听见我们的风声而不见我们的人影，在黑暗里我们好永远逍遥自在地飞舞。

我真不明白你我在佛经上是怎样一种因果，既有缘相聚又因何中途分散，难道说这也有一定的定数么？记得我在北平的时候，那时还没有认识你，我是成天地过着那忍泪假笑的生活。我对人老含着一片至诚纯白的心而结果反遭不少人的讥诮，竟可以说没有一个人能明白我，能看透我的。一个人遭着不可言语的痛苦，当然地不由生出厌世之心，所以我一天天地只是藏起了我的真实的心而拿一个虚伪的心来对付这混浊的社会，也不再希望有人来能真真的认识我明白我，甘心愿意从此自相摧残的快快了此残生，谁知道就在那时候会遇见了你，真如同在黑暗里见着了一线光明，遂死的人又兑了一口气，生命从此转了一个方向。摩摩，你的明白我，真算是透彻极了，你好像是成天钻在我的心房里似的，直到现在还只是你一个人是真还懂得我的。我记得我每遭人辱骂的时候你老是百般地安慰我，使我不得不对你生出一种不可言喻的感觉。我老说，有你，我还怕谁骂，你也常说，只要我明白你，你的人是我一个人的，你又为甚么要去顾虑别人的批评呢？所以我哪怕成天受着病魔的缠绕也再不敢有所怨恨的了。我只是对你满心的歉意，因为我们理想中的生活全被我的病魔来打破，连累着你成天也过那愁闷的日子。可是二年来我从来未见你有一些怨恨，也不见你因此对我稍有冷淡之意。也难怪文伯要说，你对我的爱是 come and true（真爱）的了。我只怨我真是无以对你，这，我只好报之于将来了。

我现在不顾一切往着这满是荆棘的道路上走去，去寻一点真实的发展，你不是常怨我跟你几年没有受着一些你的诗意的陶熔么？我也实在惭愧，真也辜负你一片至诚的心了，我本来一百个放心，以为有你永久在我身边，还怕将来没有一个成功么？谁知现在我只得独自奋斗，再不能得你一些相助了，可是我若能单独撞出一条光明的大路也不负你爱我的心了，愿你的灵魂在冥冥中给我一点勇气，让我在这生命的道上不感受到孤立的恐慌。我现在很决心地答应你从此再不张着眼睛做梦躺在床上乱讲，病魔也得最后与它决斗一下，不是它生便是我倒，我一定做一个你一向希望我所能成的一种人。我决心做人，我决心做一点认真的事业，虽然我头顶只见乌云，地下满是黑影，可是我还记得你常说"受苦的人没有悲观的权力"。一个人绝不能让悲观的慢性病侵蚀人的精神，让厌世的恶质染黑人的血液。我此后绝不再病（你非暗中保护不可），我只叫我的心从此麻木，不再问世界有恋情，人们有欢娱。我早打发我的心，我的灵魂去追随你的左右，像一朵水莲花拥扶着你往白云深处去缭绕，绝不回头偷看尘间的作为，留下我的躯壳同生命来奋斗。到战胜的那一天，我盼你带着悠悠的乐声从一团彩云里脚踏莲花瓣来接我同去永久地相守，过吾们理想中的岁月。

一转眼，你已经离开了我一个多月了，在这段时间我也不知道是怎样过来的，朋友们跑来安慰我，我也不知道是说甚么好。虽然决心不生病，谁知一直到现在（病）也没有离开过我一天。摩摩，我虽然下了天大的决心，想与你争一口气，可是叫我怎生受得了每天每时的悲念你时的一阵阵心肺的绞痛。到现在有时想哭，眼泪干得流不出一点；要叫，喉中疼得发不出声。虽然他们成天地逼我一碗碗的苦水，也难以补得了我心头的悲痛，怕的是我恹恹的病体再受不了那岁月的摧残。我的爱，你叫我怎样忍受没有你在我身边的孤单。你那幽默的灵魂为甚么这些日子也不给我一些声响？我晚间有时也叫了他们走走开，房间不让有一点声音，盼你在人静时给我一些声响，叫我知道你的灵魂是常常环绕着我，也好叫我在茫茫前途感觉到一点生趣，不然怕死也难以支持下去了。摩！大大！求你显一显灵罢，你难道忍心真的从此不再同我说一句话了么？不要这样的苛酷了罢！你看，我这孤单一人影从此怎样的去撞这艰难的世界？难道你看了不心痛么？你爱我的心还存在么？你为甚么不响？大！你真的不响了么？

给亡妇

/朱自清

谦，日子真快，一眨眼你已经死了三个年头了。这三年里世事不知变化了多少回，但你未必注意这些个，我知道。你第一惦记的是你几个孩子，第二便轮着我。孩子和我平分你的世界，你在日如此；你死后若还有知，想来还如此的。告诉你，我夏天回家来着：迈儿长得结实极了，比我高一个头。闰儿父亲说是最乖，可是没有先前胖了。采芷和转子都好。五儿全家夸她长得好看；却在腿上生了湿疮，整天坐在竹床上不能下来，看了怪可怜的。六儿，我怎么说好，你明白，你临终时也和母亲谈过，这孩子是只可以养着玩儿的，他左挨右挨去年春天，到底没有挨过去。这孩子生了几个月，你的肺病就重起来了。我劝你少亲近他，只监督着老妈子照管就行。你总是忍不住，一会儿提，一会儿抱的。可是你病中为他操的那一份儿心也够瞧的。那一个夏天他病的时候多，你成天儿忙着，汤呀，药呀，冷呀，暖呀，连觉也没有好好儿睡过。那里有一分一毫想着你自己。瞧着他硬朗点儿你就乐，干枯的笑容在黄蜡般的脸上，我只有暗中叹气而已。

从来想不到做母亲的要像你这样。从迈儿起，你总是自己喂乳，一连四个都这样。你起初不知道按钟点儿喂，后来知道了，却又弄不惯；孩子们每夜里几次将你哭醒了，特别是闷热的夏季。我瞧你的觉老没睡足。白天里还得做菜，照料孩子，很少得空儿。你的身子本来坏，四个孩子就累你七八年。到了第五个，你自己实在不成了，又没乳，只好自己喂奶粉，另雇老妈子专管她。但孩子跟老妈子睡，你就没有放过心；夜里一听见哭，就竖起耳朵听，工夫一大就得过去看。十六年初，和你到北京来，将迈儿，转子留在家里；三年多还不能去接他们，可真把你惦记苦了。你并不常提，我却明白。你后来说你的病就是惦记出来的；那个自然也有份儿，不过大半还是养育孩子累的。你的短短的十二年结婚生活，有十一年耗费在孩子们身上；而你一点不厌倦，有多少力量用多少，一直到自己毁灭为止。你对孩子一般儿爱，不问男的女的，大的小的。也不想到什么"养儿防老，积谷防饥"，只拼命地爱去。你对于教育老实说有些外行，孩子们只要吃得好玩得好就成了。这也难怪你，你自己便是这样长大的。况且孩子们原都还小，吃和玩本来也要紧的。你病重的时候最放不下的还是孩子。病得只剩皮包着骨头了，总不信自己不会好；老说："我死了，这一大群孩子可苦了。"后来说送你回家，你想着可以看见迈儿和转子，也愿意；你万不想到会一走不返的。我送车的时候，你忍不住哭了，说："还不知能不能再见？"可怜，你的心我知道，你满想着好好儿带着六个孩子回来见我的。谦，你那时一定这样想，一定的。

除了孩子，你心里只有我。不错，那时你父亲还在；可是你母亲死了，他另有个女人，你老早就觉得隔了一层似的。出嫁后第一年你虽还一心一意依恋着他老人家，到第二年上我和孩子可就将你的心占住，你再没有多少工夫惦记他了。你还记得第一年我在北京，你在家里。家里来信说你待不住，常回娘家去。我动气了，马上写信责备你。你教人写了一封复信，说家里有事，不能不回去。这是你第一次也可以说第末次的抗议，我从此就没给你写信。暑假时带了一肚子主意回去，但见了面，看你一脸笑，也就拉倒了。打这时候起，你渐渐从你父亲的怀里跑到我这儿。你换了金镯子帮助我的学费，叫我以后还你；但直到你死，我没有还你。你在我家受了许多气，又因为我家的缘故受你家里的气，你都忍着。这全为的是我，我知道。那回我从家乡一个中学半途辞职出走。家里人讽你也走。那里走！只得硬着头皮往你家去。那时你家像个冰窖子，你们在窖里足足住了三个月。好容易我才将你们领出来了，一同上外省去。小家庭这样组织起来了。你虽不是什么阔小姐，可也是自小娇生惯养的，做起主妇来，什么都得干一两手；你居然做下去了，而且高高兴兴地做下去了。菜照例满是你做，可是吃的都是我们；你至多夹上两三筷子就算了。你的菜做得不坏，有一位老在行大大地夸奖过你。你洗衣服也不错，夏天我的绸大褂大概总是你亲自动手。你在家老不乐意闲着；坐前几个"月子"，老是四五天就起床，说是躺着家里事没条没理的。其实你起来也还不是没条理；咱们家那么多孩子，那儿来条理？在浙江住的时候，逃过两回兵难，我都在北平。真亏你

180

领着母亲和一群孩子东藏西躲的；末一回还要走多少里路，翻一道大岭。这两回差不多只靠你一个人。你不但带了母亲和孩子们，还带了我一箱箱的书；你知道我是最爱书的。在短短的十二年里，你操的心比人家一辈子还多；谦，你那样身子怎么经得住！你将我的责任一股脑儿担负了去，压死了你；我如何对得起你！

你为我的捞什子书也费了不少神；第一回让你父亲的男用人从家乡捎到上海去。他说了几句闲话，你气得在你父亲面前哭了。第二回是带着逃难，别人都说你傻子。你有你的想头："没有书怎么教书？况且他又爱这个玩意儿。"其实你没有晓得，那些书丢了也并不可惜；不过教你怎么晓得，我平常从来没和你谈过这些个！总而言之，你的心是可感谢的。这十二年里你为我吃的苦真不少，可是没有过几天好日子。我们在一起住，算来也还不到五个年头。无论日子怎么坏，无论是离是合，你从来没对我发过脾气，连一句怨言也没有。——别说怨我，就是怨命也没有过。老实说，我的脾气可不大好，迁怒的事儿有的是。那些时候你往往抽噎着流眼泪，从不回嘴，也不号啕。不过我也只信得过你一个人，有些话我只和你一个人说，因为世界上只你一个人真关心我，真同情我。你不但为我吃苦，更为我分苦；我之有我现在的精神，大半是你给我培养着的。这些年来我很少生病。但我最不耐烦生病，生了病就呻吟不绝，闹那伺候病的人。你是领教过一回的，那回只一两点钟，可是也够麻烦了。你常生病，却总不开口，挣扎着起来；一来怕搅我，二来怕没人做你那份儿事。我有一个坏脾气，怕听人生病，也是真的。后来你天天发烧，自己还以为南方带来的疟疾，一直瞒着我。明明躺着，听见我的脚步，一骨碌就坐起来。我渐渐有些奇怪，让大夫一瞧，这可糟了，你的一个肺已烂了一个大窟窿了！大夫劝你到西山去静养，你丢不下孩子，又舍不得钱；劝你在家里躺着，你也丢不下那份儿家务。越看越不行了，这才送你回去。明知凶多吉少，想不到只一个月工夫你就完了！本来盼望还见得着你，这一来可拉倒了。你也何尝想到这个？父亲告诉我，你回家独住着一所小住宅，还嫌没有客厅，怕我回去不便哪。

前年夏天回家，上你坟上去了。你睡在祖父母的下首，想来还不孤单的。只是当年祖父母的坟太小了，你正睡在圹底下。这叫作"抗圹"，在生人看来是不安心的；等着想办法吧。

那时圹上圹下密密地长着青草，朝露浸湿了我的布鞋。你刚埋了半年多，只有圹下多出一块土，别的全然看不出新坟的样子。我和隐今夏回去，本想到你的坟上来；因为她病了，没来成。我们想告诉你，五个孩子都好，我们一定尽心教养他们，让他们对得起死了的母亲——你！谦，好好儿放心安睡吧，你。

一九三二年十月十一日

再忆萧珊

/ 巴金

昨夜梦见萧珊,她拉住我的手,说:"你怎么成了这个样子?"我安慰她:"我不要紧。"她哭起来。我心里难过,就醒了。

病房里有淡淡的灯光,每夜临睡前陪伴我的儿子或者女婿总是把一盏开着的台灯放在我的床脚。夜并不静,附近通宵施工,似乎在搅拌混凝土。此外我还听见知了的叫声。在数九的冬天哪里来的蝉叫? 原来是我的耳鸣。

这一夜我儿子值班,他静静地睡在靠墙放的帆布床上。过了好一阵子,他翻了一个身。

我醒着,我在追寻萧珊的哭声。耳朵倒叫得更响了。……

我终于轻轻地唤出了萧珊的名字："蕴珍。"我闭上眼睛，房间马上变换了。

在我们家中，楼下寝室里，她睡在我旁边另一张床上，小声嘱咐我："你有什么委屈，不要瞒我，千万不能吞在肚里啊！"……

在中山医院的病房里，我站在床前，她含泪地望着我说："我不愿离开你。没有我，谁来照顾你啊？"……

在中山医院的太平间，担架上一个带人形的白布包，我弯下身子接连拍着，无声地哭唤："蕴珍，我在这里，我在这里……"

我用铺盖蒙住脸。我真想大叫两声。我快要给憋死了。"我到哪里去找她！"我连声追问自己。于是我又回到了华东医院的病房。耳边仍是早已习惯的耳鸣。

她离开我十二年了。十二年，多么长的日日夜夜！每次我回到家门口，眼前就出现一张笑脸，一个亲切的声音向我迎来，可是走进院子，却只见一些高高矮矮的没有花的绿树。上了台阶，我环顾四周，她最后一次离家的情景还历历在目：她穿得整整齐齐，有些急躁，有点伤感，又似乎充满希望，走到门口还回头张望。……仿佛车子才开走不久，大门刚刚关上。不，她不是从这两扇绿色大铁门出去的。以前门铃也没有这样悦耳的声音。十二年前更不会有开门进来的挎书包的小姑娘。……为什么偏偏她的面影不能在这里再现？为什么不让她看见活泼可爱的小端端？

我仿佛还站在台阶上等待车子的驶近，等待一个人回来。这样长的等待！十二年了！甚至在梦里我也听不见她那清脆的笑声。我记得的只是孩子们捧着她的骨灰盒回家的情景。这骨灰盒起初给放在楼下我的寝室内床前五斗橱上。后来，"文革"收场，封闭了十年的楼上她的睡房启封，我又同骨灰盒一起搬上二楼，她仍然伴着我度过无数的长夜。我摆脱不了那些做不完的梦。总是那一双泪汪汪的眼睛！总是那一副前额皱成"川"字的愁颜！总是那无限关心的叮咛劝告！好像我有满腹的委屈瞒住她，好像我摔倒在泥淖中不能自拔，好像我又给打翻在地让人踏上一脚。……每夜，每夜，我都听见床前骨灰盒里她的小声呼唤，她的低声哭泣。

怎么我今天还做这样的梦？怎么我现在还甩不掉那种种精神的枷锁？……悲伤没有用。我必须结束那一切梦景。我应当振作起来，即使是最后的一次。骨灰盒还放在我的家中，亲爱的面容还印在我的心上，她不会离开我，也从未离开我。做了十年的"牛鬼",我并不感到孤单。我还有勇气迈步走向我的最终目标——死亡,我的遗物将献给国家,我的骨灰将同她的骨灰搅拌在一起,洒在园中,给花树作肥料。

……闹钟响了。听见铃声,我疲倦地睁大眼睛,应当起床了。床头小柜上的闹钟是我从家里带来的。我按照冬季的作息时间:六点半起身。儿子帮忙我穿好衣服,扶我下床。他不知道前一夜我做了些什么梦,醒了多少次。

一九八四年一月二十一日

最后的一天

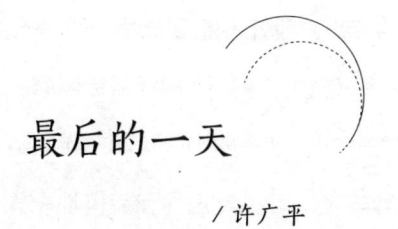

/ 许广平

今年的一整个夏天，正是鲁迅先生被病缠绕得透不过气来的时光，许多爱护他的人，都为了这个消息着急。然而病状有些好起来了。在那个时候，他说出一个梦：他走出去，看见两旁埋伏着两个人，打算给他攻击。他想：你们要当着我生病的时候攻击我吗？不要紧！我身边还有匕首呢，投出去掷在敌人身上。

梦后不久，病更减轻了。一切恶的征候都逐渐消灭了。他可以稍稍散步些时，可以有力气拔出身边的匕首投向敌人，——用笔端冲倒一切，——还可以看看电影，生活生活。

我们战胜"死神"。在讴歌,在欢愉。生的欣喜布在每一个友朋的心坎中,每一个惠临的爱护他的人的颜面上。

他仍然可以工作,和病前一样。他与我们同在一起奋斗,向一切恶势力。

直至十七日的上午,他还续写《因太炎先生而想起的二三事》(以前有《关于太炎先生二三事》一文,似尚未发表)一文的中段。(他没有料到这是最后的工作,他原稿压在桌子上,预备稍缓再执笔。)午后,他愿意出去散步,我因有些事在楼下,见他穿好了袍子下扶梯。那时外面正有些风,但他已决心外出,衣服穿好之后,是很难劝止的。不过我姑且留难他,我说:"衣裳穿够了吗?"他探手摸摸,里面穿了绒线背心。说:"够了。"我又说:"车钱带了没有?"他理也不理就自己走去了。

回来天已不早了,随便谈谈,傍晚时建人先生也来了。精神甚好,谈至十一时,建人先生才走。

到十二时,我急急整理卧具。催促他,警告他,时候不早了。他靠在躺椅上,说:"我再抽一支烟,你先睡吧。"

等他到床上来,看看钟,已经一时了。二时他曾起来小解，人还好好的。再睡下，三时半，见他坐起来，我也坐起来。细察他呼吸有些异常，似气喘初发的样子。后来继以咳呛，咳嗽困难，兼之气喘更加厉害。他告诉我："两点起来过就觉睡眠不好，做噩梦。"那时正在深夜，请医生是不方便的，而且这回气喘是第三次了，也不觉得比前二次厉害。为了减轻痛苦起见，我把自己购置在家里的"忽苏尔"气喘药拿出来看：说明书上病肺的也可以服，心脏性气喘也可以服。并且说明急病每隔一二时可连服三次，所以三点四十分，我给他服药一包。至五点四十分，服第三次药，但病态并不见减轻。

从三时半病势急变起，他就不能安寝，连斜靠休息也不可能。终夜屈曲着身子，双手抱腿而坐。那种苦状，我看了难过极了。在精神上虽然我分担他的病苦，但在肉体上，是他独自担受一切的磨难。他的心脏跳动得很快，咚咚的声响，我在旁也听得十分清澈。那时天正在放亮，我见他拿左手按右手的脉门。脉跳得太快了，他是晓得的。

他叫我早上七点钟去托内山先生打电话请医生。我等到六点钟就匆匆地盥洗起来，六点半左右就预备去。他坐到写字桌前，要了纸笔，戴起眼镜预备写便条。我见他气喘太苦了，我

190

要求不要写了，由我亲口托请内山先生好了，他不答应。无论什么事他都不肯马虎的。就是在最困苦的关头，他也支撑起来，仍旧执笔，但是写不成字，勉强写起来，每个字改正又改正。写至中途，我又要求不要写了，其余的由我口说好了。他听了很不高兴，放下笔，叹一口气，又拿起笔来续写，许久才凑成了那条子。那最后执笔的可珍贵的遗墨，现时由他的最好的老友留作纪念了。

清晨书店还没有开门，走到内山先生的寓所前，先生已走出来了，匆匆地托了他打电话，我就急急地回家了。

不久内山先生也亲自到来，亲手给他药吃，并且替他按摩背脊很久。他告诉内山先生说苦得很，我们听了都非常难受。

须藤医生来了，给他注射。那时双足冰冷，医生命给他热水袋暖脚，再包裹起来。两手指甲发紫色大约是血压变态的缘故。我见医生很注意看他的手指，心想这回是很不平常而更严重了。但仍然坐在写字桌前椅子上。

后来换到躺椅上坐。八点多钟日报（十八日）到了。他问我："报上有什么事体？"我说："没有什么，只有《译文》的广告。"我知道他要晓得更多些，我又说："你的翻译《死魂灵》

登出来了，在头一篇上。《作家》和《中流》的广告还没有。"

我为什么提起《作家》和《中流》呢？这也是他的脾气。在往常，晚间撕日历时，如果有什么和他有关系的书出版时——但敌人骂他的文章，他倒不急于要看——他就爱提起："明天什么书的广告要出来了。"他怀着自己印好了一本好书出版时一样的欢情，熬至第二天早晨，等待报纸到手，就急急地披览。如果报纸到得迟些，或者报纸上没有照预定的登出广告，那么，他很失望。虚拟出种种变故，直至广告出来或刊物到手才放心。

当我告诉他《译文》广告出来了，《死魂灵》也登出了，别的也连带知道，我以为可以使他安心了。然而不！他说："报纸给我，眼镜拿来。"我把那有广告的一张报给他，他一面喘息一面细看《译文》广告，看了好久才放下。原来他是在关心别人的文字，虽然在这样的苦恼状况底下，他还记挂着别人。这，我没有了解他，我不配崇仰他。这是他最后一次和文字接触，也是他最后一次和大众接触。那一颗可爱可敬的心呀！让他埋葬在大家伙的心之深处罢。

在躺椅上仍旧不能靠下来，我拿一张小桌子垫起枕头给他伏着，还是在那里喘息。医生又给他注射，但病状并不轻减，后来躺到床上了。

中午吃了大半杯牛奶，一直在那里喘息不止，见了医生似乎也在诉苦。

六点钟左右看护妇来了，给他注射和吸入酸素，氧气。

七点半钟我送牛奶给他，他说："不要吃。"过了些时，他又问："是不是牛奶来了？"我说："来了。"他说："给我吃一些。"饮了小半杯就不要了。其实是吃不下去，不过他恐怕太衰弱了支持不住，所以才勉强吃的。到此刻为止，我推测他还是希望好起来。他并不希望轻易放下他的奋斗力的。

晚饭后，内山先生通知我（内山先生为他的病从早上忙至夜里，一天没有停止）：希望建人先生来。我说："日里我问过他，要不要见见建人先生，他说不要。所以没有来。"内山先生说："还是请他来好。"后来建人先生来了。

喘息一直使他苦恼，连说话也不方便。看护和我在旁照料，给他揩汗。腿以上不时地出汗，腿以下是冰冷的。用两个热水袋温他。每隔两小时注强心针，另外吸入氧气。

十二点那一次注射后，我怕看护熬一夜受不住，我叫她困一下，到两点钟注射时叫醒她。这时由我看护他，给他揩汗。不过汗有些粘冷，不像平常。揩他手，他就紧握我的手，而且好几次如此。陪在旁边，他就说："时候不早了，你也可以睡了。"我说："我不瞌睡。"为了使他满意，我就对面地斜靠在床脚上。好几次，他抬起头来看我，我也照样看他。有时我还陪笑地告诉他病似乎轻松些了。但他不说什么又躺下了。也许这时他有什么预感吗？他没有说。我是没有想到问。后来连揩手汗时，他紧握我的手，我也没有勇气紧握回他了。我怕刺激他难过，我装作不知道。轻轻地放松他的手，给他盖好棉被。后来回想：我不知道，应不应该也紧握他的手，甚至紧紧地拥抱住他。在死神的手里把我的敬爱的人夺回来。如今是迟了！死神奏凯歌了。我那追不回的后悔呀。

从十二时至四时，中间饮过三次茶，起来解一次小手。人似乎有些烦躁，有好多次推开棉被，我们怕他受冷，连忙盖好。他一刻又推开，看护没法子，大约告诉他心脏十分贫弱，不可乱动，他往后就不大推开了。

五时，喘息看来似乎轻减，然而看护妇不等到六时就又给他注射，心想情形必不大好。同时她叫我托人请医生，那时内山先生的店员终夜在客室守候，（内山先生和他的店员，这回是全体动员，营救鲁迅先生的急病的。）我匆匆嘱托他，建人先生也到楼上，看见他已头稍朝内，呼吸轻微了。连打了几针也不见好转。

他们要我呼唤他，我千呼百唤也不见他应一声。天是那么黑暗，黎明之前的乌黑呀，把他卷走了。黑暗是那么大的力量，连战斗了几十年的他也抵抗不住。医生说：过了这一夜，再过了明天，没有危险了。他就来不及等待到明天，那光明的白昼呀。而黑夜，那可诅咒的黑夜，我现在天天睁着眼睛瞪它，我将诅咒它直到我的末日来临。十一月五日，记于先生死后的二星期又四天。

我怕

/ 许广平

每当夜里，我就不敢走到我们昔日的卧室里去。即因事要走进去，也急急地把事情办了走出来。

我是疑心有幽灵么？胆子小么？一直从前，我有一个好朋友死去，我就热烈地希望有幽灵，可以和生前一样来往。

然而现在，我当夜里，就不敢走进我们昔日的卧室里去。

我怕那明晃晃的灯光，把每一个角度的印象都浮显出来。

靠门的方桌子。那桌布上面的许多书，每一本，每一堆，每一叠，都经过他的手摩挲。大的书应该怎样搁，小的书应该怎样放。他都有一定的处置。书堆上还有那一匣散开的线装书，中间夹了许多值得注意的签条，我怕看它，我没有正视它的勇气。

书堆下面，拿掉了桌布，那旧式的红漆木桌子，是他生病前特地从别的地方搬来的。为的好方便他，省些力气，在房间里取点炉火温暖，吃起饭来舒服些。这里也曾招待了不少次朋友同吃。我怕看见这桌子，想起了一切的一切。我是多么脆弱呀！唉，没有本领的人。

那衣橱，仍旧挂着那最后出门的一件破旧黑哔叽的袍子。那我们二人挂衣服的橱柜呀，我不晓得为什么觉得也空空洞洞，好似我的心头一样！安放他夜饭后时常喜欢吃些糖果点心的那衣橱的另一角呀！我怕看到它。它会招引我他要东西吃时的神气，他叫我"忘记我"，这叫我如何忘记起？难道这些经过就真是烟云一般消散，捉也捉不住！

哭是弱者的行径，是他不愿意看的，然而写到这里我禁制不住了……

尤其是那藤躺椅。破了的椅子，我私心打算等搬了家（如果他不死，我们是预备在十月廿五以前搬家的）时偷偷地买一张西式棉软的来。已经买来了，多花些钱他也不再响了。这计划我没有能够实现。直到现在作为他花费了大部光阴的休息所在，还是这破藤椅子，岂真是没福消受比较舒适的物质生活呢？还是我的错失呢？我没有法子再去问他，这疑问将埋葬在我的心坎里，直至与我生而俱去。

藤躺椅左方的镜台，那安好他新收到的书报杂志的一角，是准备随手取阅的方便的，也安放他最后服用的药品食物，还有他喜欢的《夏姓木刻图》，和苏俄木刻展览会闭幕后苏俄大使送的那一张木刻女像。这张像，本来是他选购的，后来作为赠品托史沫特莱女士带来的时候，史女士曾问他为什么选这一张？他说："这一张是代表一种新的，以前所没有过的女性姿态，同时刻者的刀触，全黑与全白，也是大胆的独创。"

右方，靠在藤躺椅可以鉴赏着的一缸"苏州鱼"，是夏天病重的辰光，内山先生特地送来的，共十尾。在病中，看看那鱼的活泼姿态，给予他不少的欢喜。那缸，为了对于鱼的爱重——对于送鱼的那朋友的好意的爱重——他特地从远地方亲自购买捧回来的。那晶莹的鱼缸呀！我见着它，想到和他一同铺沙，灌水，安放水草，再把鱼慢慢放下去。他顾虑到缸面水苔铺密了，致妨碍了鱼的呼吸空气，就时常亲手把它去掉。现在鱼的呼吸好好的，还是那么活泼泼游泳。而那朝夕亲爱它的人，那么爱护它的，倒停止了呼吸……鱼假使也有灵魂，恐怕它的泪要和缸里的水一样深罢。然而我，既不是鱼，也没有停止了呼吸，我走入房中，无名的空虚袭击我，我只觉得一切和我都生疏了。这不是我常日境遇，这情景我不熟识！我那房中是要有他存在的。他却去了……这房间我滞留不住。

昨夜（六日）我做了一个梦：他要我做杏仁糕给他吃。又特别嘱咐我：杏仁粉可到东洋店里去买——其实东洋店没有这粉的——我答应了。并且我也想到，光是杏仁粉是做不来糕的，要添加米粉，糖要精致，还可添些鸡蛋，牛奶。我很高兴，因为他平时不大肯想出些什么，要我做给他吃的。我正要着手做，可恶的另一世界把我唤醒。我受到实现计划被打破时的痛苦。假如是十九世纪的头脑，我还可以勉强做出糕点来，供在灵前，希望他的"魂兮归来"，享受一切。然而我明明看着他没有了知觉，我不相信有天堂。所以这一点点的安慰也使我做不到！没法填补的缺憾呀！

还是回到现实去吧。那书桌，他到上海以来消磨了十年光阴的书桌；桌上那未完成的稿子，那日用的文具，和每天不离的香烟用具，茶杯之类，都摆在眼前了，一堆堆的书札，什物，哪一件不是经过他的手泽呢，那个办公用的桌灯，是一个前进的老朋友，节衣缩食特地买好送来的。说是不伤害眼力，便于夜里写作，尤其预约他能在这亮光之下，好好地写出一本东西来。而现在，一切都不可能了！当桌上的灯亮起来时，使我想起日常他的生活的大部分所在。夜里，周遭被黑暗所吞噬，不过偶然一两声狗吠或叫卖的声音，孩子却睡熟了。这时候，一灯在前，他，据案写作；我则旁坐阅读书报或做手工。倦了，大家放下工作，饮些茶，谈点天，或者吃些零食。彼此欣然，觉得是一天中的黄金时代，不胜满足了。有时他正忙于工作或翻译，那么，一桌子都被他铺满了书，就连我放一些东西的地位都没有了。嗜好的茶也不大记得吃了，即使倒出在杯子里，放在旁边也给冷掉了。也不晓得倦，更不引起闲吃的心情了。左手拿着烟，右手执了笔，聚精会神的工作，其紧张程度是可怕的，不等到相当机会是不肯歇手的。所以，我以为消耗他的生命最厉害的就在这种辰光。然而，一切作家的生命，不都是这样地耗掉了的吗？

聚散匆匆
此恨无穷

有时，夜饭过后，并不忙着工作，我们就欢喜不开电灯，在那里休息，尤其在夏季，差不多天天如此。窗外的路灯相隔不远，映射到室里来的光度颇够探视一切，在这微明之下，另有一番风趣，也许就是他所称道的"惯于长夜度春时"罢。是的，他时常不做什么的时候是高兴让那电灯息掉的，遇到月夜，那月光和室外的灯光交映着来临，他，就时常欢喜说一句："今天月亮真好呀。"他的称赞月亮，似乎在厦门写文章自比于黑夜之后。但是，以后的月亮，只能跑到他墓前，发出凄清的寒光，却没有法子和他见面了！

缀

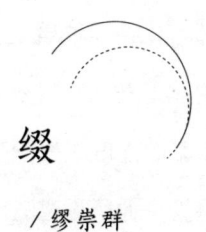

/ 缪崇群

妻在她们姊妹行中是顶小的一个，出生的那一年，她的母亲已经四十岁。妻的体质和我并不相差许多。没料到她却比我在先地把血吐尽，仅仅活了二十六年，就在一个夏末秋来的晚上静静地死去了。留给我的是整个的秋天，和秋天以后的日子。

这个不幸的消息，一直隐瞒着一个老年人（没有一个老年人不在翘盼着她的幼小者的生长，对于自己的可数的日子倒是忘得干干净净的）；使老年人眼见着"黄梅未落青梅落"的情景，这种可怜的幻灭感，恐怕比他自己临终时所感到的那种情景还要伤恸的。

妻的母亲就是这样一个可怜的老人。

"五姑的病，转地疗养去了。"起初是用这样分隔的话来隐瞒着她。那时妻已经躺在一块白石碑的底下。

"发了疯的日人，不分城里城外的滥炸，把五姑糟蹋了！"过了一年，抗战的炮火响亮了，时代正揭开了伟大的一幕，才把幼小者已经死亡的故事，传告了这个老人。因为唯有这种措辞是合理的，也唯有这种措辞足以取信。全中国的父母都知道，为国家牺牲了的骨肉，这骨肉还是光荣的属于自己的；我们每个人都知道，死亡并不是一个终结，那解不开的仇恨，早已使我们每一个人的眼睛发光，清清楚楚地认识了：唯有凶暴的侵略者，才是我们所有的生命的敌人！

妻的墓，那是正浸在汤山的血泊里。

在炮火中又过了一年，想不到我会来到的地方，我会和妻的母亲再见了。如果这回和妻同来，我不知道对于这个雪发银头的老人，她将怎样惊异而发怔了。

"妈，看我走过千山万水还是好好的，你喜欢么？"

"喜是喜欢，只是看见落了你一个人。"

像是拾到了一件可怜惜的东西，同时也就接触到那件东西的失主的一颗更可怜惜的心。

幼小者的墓，遥遥的还留在沦陷了的区域里。梦也不会梦到。如今我竟一个人又立在她的母亲的面前了。

虽然是轰炸之下，我们还依常地度了一些日子。

母亲戴着花镜，常常一个人坐在窗下，为我缝缀着一些破了的衣什，我感泣，我没有语句可以阻止她。

"天已经黑了，留到明朝罢。"

她不理睬，索性撕掉那些窗纸——前次已经被日人的炸弹所震裂了的窗纸，继续缝缀着。

"成功了。至少还可以穿过几个冬天的。"

人世上悲哀的日子没有停止，爱的日子也正长着……

遥想着油绿的小草，该是在妻的墓畔轻轻招展的时候了。

愿春晖与弱草，织缀着墓里的一颗安息着的心。

母亲和我，不久都会返来的。

花床

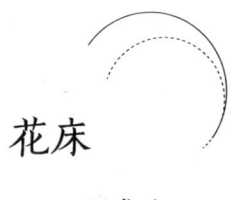

/ 缪崇群

冬天，在四周围都是山地的这里，看见太阳的日子真是太少了。今天，难得雾是这么稀薄，空中融融地混合着金黄的阳光，把地上的一切，好像也罩上一层欢笑的颜色。

我走出了这个黝黯的小阁，这个作为我们办公的地方，（它整年关住我！）我扬着脖子，张开了我的双臂，恨不得要把谁紧紧地拥抱了起来。

由一条小径，我慢慢地走进了一个新村。这里很幽静，很精致，像一个美丽的园子。可是那些别墅里的窗帘和纱门都垂锁着，我想，富人们大概过不惯冷清的郊野的冬天，都集向热闹的城市里去了。

我停在一架小木桥上，眺望着对面山上的一片绿色，草已经枯萎了，唯有新生的麦，领有着冬天的土地。

说不出的一股香气，幽然地吹进了我的鼻孔，我一回头，才发现了就在背后的一段矮坡上，满铺着一片金钱似的小花，也许是一些耐寒的雏菊，仿佛交头接耳地在私议着我这个陌生的来人：为探寻着什么而来的呢？

我低着头，看见我的影子正好像在地面上蜷伏着。我也真的愿意把自己的身子卧倒下来了，这么一片孤寂宁馥的花朵，她们自然地成就了一张可爱的床铺。虽然在冬天，土下也还是温暖的罢？

在远方，埋葬着我的亡失了的伴侣的那块土地上，在冬天，是不是不只披着衰草，也还生长着不知名的花朵，为她铺着一张花床呢？

我相信，埋葬着爱的地方，在那里也蕴藏着温暖。

让悼亡的泪水，悄悄地洒在这张花床上罢，有一天，终归有一天，我也将寂寞地长眠在它的下面，这下面一定是温暖的。

聚散匆匆
此恨无穷

仿佛为探寻着什么而来，然而，我永远不能寻见什么了，除非我也睡在花床的下面，土地连接着土地，在那里面或许还有一种温暖的，爱的交流？

一九四一年十二月十日

别话

/ 许地山

素辉病得很重，离她停息的时候不过是十二个时辰了。她丈夫坐在一边，一手支颐，一手把着病人的手臂，宁静而恳挚的眼光都注在他妻子的面上。

黄昏的微光一分一分地消失，幸而房里都是白的东西，眼睛不至于失了它们的辨别力。屋里的静默，早已布满了死的气色。看护妇又不进来，她的脚步声只在门外轻轻地蹀过去，好像告诉屋里的人说："生命的步履不往这里来，离这里渐次远了。"

强烈的电光忽然从玻璃泡里的金丝发出来。光的浪把那病人的眼睑冲开。丈夫见她这样，就回复他的希望，恳挚地说：

"你——你醒过来了！"

素辉好像没听见这话，眼望着他，只说别的。她说："嗳，珠儿的父亲，在这时候，你为什么不带她来见见我？"

"明天带她来。"

屋里又沉默了许久。

"珠儿的父亲哪，因为我身体软弱、多病的缘故，教你牺牲许多光阴来看顾我，还阻碍你许多比服侍我更要紧的事。我实在对你不起。我的身体实不容我……"

"不要紧的，服侍你也是我应当做的事。"

她笑。但白的被窝中所显出来的笑容并不是欢乐的标识。她说："我很对不住你，因为我不曾为我们生下一个男儿。"

"哪里的话！女孩子更好。我爱女的。"

凄凉中的喜悦把素辉身中预备要走的魂拥回来。她的精神似乎比前强些，一听丈夫那么说，就接着道："女的本不足爱：你看许多人——连你——为女人惹下多少烦恼！……不过是——人要懂得怎样爱女人，才能懂得怎样爱智慧。不会爱或拒绝爱女人的，纵然他没有烦恼，他是万灵中最愚蠢的人。珠儿的父亲，珠儿的父亲哪，你佩服这话么？"

这时，就是我们——旁边的人——也不能为珠儿的父亲想出一句答词。

"我离开你以后，切不要因为我，就一辈子过那鳏夫的生活。你必要为我的缘故，依我方才的话爱别的女人。"她说到这里把那只几乎动不得的右手举起来，向枕边摸索。

"你要什么？我替你找。"

"戒指。"

丈夫把她的手扶下来，轻轻在她枕边摸出一只玉戒指来递给她。

"珠儿的父亲，这戒指虽不是我们订婚用的，却是你给我的；你可以存起来，以后再给珠儿的母亲，表明我和她的连属。除此以外，不要把我的东西给她，恐怕你要当她是我；不要把我们的旧话说给她听，恐怕她要因你的话就生出差别心，说你爱死的妇人甚于爱生的妻子。"她把戒指轻轻地套在丈夫左手的无名指上。丈夫随着扶她的手与他的唇边略一接触。妻子对于这番厚意，只用微微睁开的眼睛看着他。除掉这样的回报，她实在不能表现什么。

丈夫说："我应当为你做的事，都对你说过了。我再说一句，无论如何，我永久爱你。"

"咦，再过几时，你就要把我的尸体扔在荒野中了！虽然我不常住在我的身体内，可是人一离开，再等到什么时候，在什么地方才能互通我们恋爱的消息呢？若说我们将要住在天堂的话，我想我也永无再遇见你的日子，因为我们的天堂不一样。你所要住的，必不是我现在要去的。何况我还不配住在天堂？我虽不信你的神，我可信你所信的真理。纵然真理有能力，也不为我们这小小的缘故就永远把我们结在一块。珍重吧，不要爱我于离别之后。"

丈夫既不能说什么话，屋里只可让死的静寂占有了。楼底下恍惚敲了七下自鸣钟。他为尊重医院的规则，就立起来，握着素辉的手说："我的命，再见吧，七点钟了。"

"你不要走，我还和你谈话。"

"明天我早一点来，你累了，歇歇吧。"

"你总不听我的话。"她把眼睛闭了，显出很不愿意的样子。丈夫无奈，又停住片时，但她实在累了，只管躺着，也没有什么话说。

丈夫轻轻蹑出去。一到楼口，那脚步又退后走，不肯下去。他又蹑回来，悄悄到素辉床边，见她显着昏睡的形态，枯涩的泪点滴不下来，只挂在眼睑之间。

爱流汐涨

/ 许地山

月儿的步履已踏过嵇家的东墙了。孩子在院里已等了许久，一看见上半弧的光刚射过墙头，便忙忙跑到屋里叫道："爹爹，月儿上来了，出来给我燃香罢。"

屋里坐着一个中年的男子，他的心负了无量的愁闷。外面的月亮虽然还像去年那么圆满，那么光明，可是他对于月亮的情绪就大不如去年了。当孩子进来叫他的时候，他就起来，勉强回答说："宝璜，今晚上不必拜月，我们到院里对着月光吃些果品，回头再出去看看别人的热闹。"

孩子一听见要出去看热闹，更喜得了不得。他说："为什么今晚上不拈香呢？记得从前是妈妈点给我的。"

父亲没有回答他。但孩子的话很多，问得父亲越发伤心了。他对着孩子不甚说话。只有向月不歇地叹息。

"爸爸今晚上不舒服么？为何气喘得那么厉害？"

父亲说："是，我今晚上病了。你不是要出去看热闹么？可以叫素云姐带你去，我不能去了。"

素云是一个年长的丫头。主人的心思、性格，她都十分明白，所以家里无论大小事几乎是她一人主持。她带宝璜出门，到河边看看船上和岸上各样的灯色，便中就告诉孩子说："你爹爹今晚不舒服了，我们得早一点回去才是。"

孩子说："爹爹白天还好好地，为何晚上就害起病来？"

"唉，你记不得后天是妈妈的百日吗？"

"什么是妈妈的百日？"

"妈妈死掉，到后天是一百天的工夫。"

孩子实在不能理会那"一百日"的深层意思。素云只得说："夜深了，咱们回家去罢。"

素云和孩子回来的时候，父亲已经躺在床上，见他们回来，就说："你们回来了。"她跑到床前回答说："二爷，我们回来了，晚上大哥儿可以和我同睡，我招呼他，好不好？"

父亲说："不必。你还是睡你的罢。你把他安置好，就可以去歇息，这里没有什么事。"

213

这个七岁的孩子就睡在离父亲不远的一张小床上。外头的鼓乐声，和树梢的月影，把孩子嬲得不能睡觉。在睡眠的时候，父亲本有命令，不许说话，所以孩子只得默听着，不敢发出什么声音。

乐声远了，在近处的杂响中，最刺激孩子的，就是从父亲那里发出来的啜泣声。在孩子的思想里，大人是不会哭的，所以他很诧异地问："爹爹，你怕黑么？大猫要来咬你么？你哭什么？"他说着就要起来，因为他也怕大猫。

父亲阻止他，说："爹爹今晚上不舒服，没有别的事。不许起来。"

"咦，爹爹明明哭了！我每哭的时候，爹爹说我的声音像河里水声淅淅地响，现在爹爹的声音也和那个一样。呀，爹爹，别哭了，爹爹一哭，叫宝璜怎能睡觉呢？"

孩子越说越多，弄得父亲的心绪更乱。他不能用什么话来对付孩子，只说："璜儿，我不是说过，在睡觉时不许说话么？你再说时，爹爹就不疼你了。好好地睡罢。"

孩子只复说了一句："爹爹要哭，教人怎样睡得着呢？"以后他就静默了。

这晚上的催眠歌，就是父亲的抽噎声。不久，孩子也因着这声发出了微细的鼾息，屋里只有些杂响伴着父亲发出哀音。

墓畔哀歌

/ 石评梅

一

我由冬的残梦里惊醒,春正吻着我的睡靥低吟!晨曦照上了窗纱,望见往日令我醺醉的朝霞,我想让丹彩的云流,再认认我当年的颜色。

披上那件绣着蛱蝶的衣裳,姗姗地走到尘网封锁的妆台旁。呵!明镜里照见我憔悴的枯颜,像一朵颤动在风雨中苍白凋零的梨花。

我爱,我原想追回那美丽的皎容,祭献在你碧草如茵的墓旁,谁知道青春的残蕾已和你一同殉葬。

二

假如我的眼泪真凝成一粒一粒珍珠，到如今我已替你缀织成绕你玉颈的围巾。

假如我的相思真化作一颗一颗的红豆，到如今我已替你堆集永久勿忘的爱心。

哀愁深埋在我心头。

我愿燃烧我的肉身化成灰烬，我愿放浪我的热情怒涛汹涌，天呵！这蛇似的蜿蜒，蚕似的缠绵，就这样悄悄地偷去了我生命的青焰。

我爱，我吻遍了你墓头青草在日落黄昏；我祷告，就是空幻的梦吧，也让我再见见你的英魂。

三

明知道人生的尽头便是死的故乡，我将来也是一座孤冢，衰草斜阳。有一天呵！我离开繁华的人寰，悄悄入葬，这悲艳的爱情一样是烟消云散，昙花一现，梦醒后飞落在心头的都是些残泪点点。

然而我不能把记忆毁灭，把埋我心墟上的残骸抛却，只求我能永久徘徊在这垒垒荒冢之间，为了看守你的墓茔，祭献那茉莉花环。

我爱，你知否我无言的忧衷，怀想着往日轻盈之梦。梦中我低低唤着你小名，醒来只是深夜长空有孤雁哀鸣！

四

黯淡的天幕下，没有明月也无星光，这宇宙像数千年的古墓；皑皑白骨上，飞动闪映着惨绿的磷花。我匍匐哀泣于此残锈的铁栏之旁，愿烘我愤怒的心火，烧毁这黑暗丑恶的地狱之网。

命运的魔鬼有意捉弄我弱小的灵魂，罚我在冰雪寒天中，寻觅那凋零了的碎梦。求上帝饶恕我，不要再残害我这仅有的生命，剩得此残躯在，容我杀死那狞恶的敌人！

我爱，纵然宇宙变成烬余的战场，野烟都腥：在你给我的甜梦里，我心长系驻于虹桥之中，赞美永生！

五

我整天踟蹰于垒垒荒冢，看遍了春花秋月不同的风景，抛弃了一切名利虚荣，来到此无人烟的旷野，哀吟缓行。我登了高岭，向云天苍茫的西方招魂，在绚烂的彩霞里，望见了我沉落的希望之陨星。

远处是烟雾冲天的古城，火星似金箭向四方飞游！隐约地听见刀枪搏击之声，那狂热的欢呼令人震惊！在碧草萋萋的墓头，我举起了胜利的金觥，饮吧我爱，我奠祭你静寂无言的孤冢！

星月满天时，我把你遗我的宝剑纤手轻擎，宣誓向长空：愿此生永埋了英雄儿女的热情。

六

假如人生只是虚幻的梦影，那我这些可爱的映影，便是你赠予我的全生命。我常觉你在我身后的树林里，骑着马轻轻地走过去。常觉你停息在我的窗前，徘徊着等我的影消灯熄。常觉你随着我唤你的声音悄悄走近了我，又含泪退到了墙角。常觉你站在我低垂的雪帐外，哀哀地对月光而叹息！

在人海尘途中，偶然逢见个像你的人，我停步凝视后，这颗心呵！便如秋风横扫落叶般冷森凄零！我默思我已经得到爱的之心，如今只是荒草夕阳下，一座静寂无语的孤冢。

我的心是深夜梦里，寒光闪灼的残月，我的情是青碧冷静，永不再流的湖水。残月照着你的墓碑，湖水环绕着你的坟，我爱，这是我的梦，也是你的梦，安息吧，敬爱的灵魂！

七

我自从混迹到尘世间，便忘却了我自己；在你的灵魂我才知是谁？

记得也是这样夜里。我们在河堤的柳丝中走过来，走过去。我们无语，心海的波浪也只有月儿能领会。你倚在树上望明月沉思，我枕在你胸前听你的呼吸。抬头看见黑翼飞来掩遮住月儿的清光，你抖颤着问我：假如这苍黑的翼是我们的命运时，应该怎样？

我认识了欢乐，也随来了悲哀，接受了你的热情，同时也随来了冷酷的秋风。往日，我怕恶魔的眼睛凶，白牙如利刃；我总是藏伏在你的腋下趑趄不敢进，你一手执宝剑，一手扶着我践踏着荆棘的途径，投奔那如花的前程！

如今，这道上还留着你斑斑血痕，恶魔的眼睛和牙齿再是那样凶狠。但是我爱，你不要怕我孤零，我愿用这一纤细的弱玉腕，建设那如意的梦境。

八

春来了，催开桃蕾又飘到柳梢，这般温柔慵懒的天气真使人恼！她似乎躲在我眼底有意缭绕，一阵阵风翼，吹起了我灵海深处的波涛。

这世界已换上了装束，如少女般那样娇娆，她披拖着浅绿的轻纱，蹁跹在她那姹紫嫣红中舞蹈。伫立于白杨下，我心如捣，强睁开模糊的泪眼，细认你墓头，萋萋芳草。

满腔辛酸与谁道？愿此恨吐向青空将天地包。它纠结围绕着我的心，像一堆枯黄的蔓草，我爱，我待你用宝剑来挥扫，我待你用火花来焚烧。

聚散匆匆
此恨无穷

九

　　垒垒荒冢上，火光熊熊，纸灰缭绕，清明到了。这是碧草绿水的春郊。墓畔有白发老翁，有红颜年少，向这一抔黄土致不尽的怀忆和哀悼，云天苍茫处我将魂招；白杨萧条，暮鸦声声，怕孤魂归路迢迢。

　　逝去了，欢乐的好梦，不能随墓草而复生，明朝此日，谁知天涯何处寄此身？叹漂泊我已如落花浮萍，且高歌，且痛饮，拼一醉烧熄此心头余情。

　　我爱，这一杯苦酒细细斟，邀残月与孤星和泪共饮，不管黄昏，不论夜深，醉卧在你墓碑旁，任霜露侵凌吧！我再不醒。

十六年清明陶然亭畔

221

缄情寄向黄泉

/ 石评梅

我如今是更冷静，更沉默的挟着过去的遗什去走向未来的。我四周有狂风，然而我是掀不起波澜的深潭；我前边有巨涛，然而我是激不出声响的顽石。

颠沛搏斗中我是生命的战士，是极勇敢、极郑重、极严肃地向未来的城垒进攻的战士。我是不断地有新境遇，不断地有新生命的；我是为了真实而奋斗，不是追逐幻想而疲奔的。

知道了我的走向人生的目标。辛，一年来我虽然有不少的哀号和悲忆，你也不须为生的我再抱遗恨和不安。如今我是一道舒畅平静向大海去的奔流，纵然缘途在山峡巨谷中或许发出凄痛的呜咽，那只是积沙岩石漩涡冲击的原因，相信它是会得到平静的，会得到创造真实生命的愉快的，它是一直奔到大海去的。

辛！你的生命虽不幸早被腐蚀而夭逝，不过我也不过分地再悼感你在宇宙间曾存留的幻体。我相信只要我自己生命闪耀存在于宇宙一天，你是和我同在的。辛！你要求于人间的，你希望于我自己的，或许便是这些吧！

深刻的情感是受过长久的理智的熏陶的。是由深谷底潜流中一滴一滴渗透出来的。我是投自己于悲剧中而体验人生的。所以我便牺牲人间一切的虚荣和幸福，在这冷墟上，你的坟墓上，培植我用血泪浇洒的这束野花来装饰点缀我们自己创造下的生命。辛！除了这些我不愿再告你什么，我想你果真有灵，也许赞助我一样的努力。

一年之后，世变几迁，然而我的心是依然这样平静冷寂的，抱持着我理想上的真实而努力。有时我是低泣，有时我是痛哭；低泣，你给予我的死寂；痛哭，你给予我的深爱。然而有时我也很快乐，我也很骄傲。我是睥视世人微微含笑，我们的圣洁的高傲的孤清的生命是巍然峙立于皑皑的云端。

生命的圆满，生命的圆满，有几个懂得生命的圆满？那一般庸愚人的圆满，正是我最避忌恐怖的缺陷。我们的生命是肉体和骨头吗？假如我们的生命是可以毁灭的幻体，那么，辛！我的这颗迂回潜隐的心，也早应随你的幻体而消逝。我如今认识了一个完成的圆满生命是不能消灭，不能丢弃，不能忘记；换句话说，就是永远存在。多少人都希望我毁灭，丢弃，忘记，把我已完成的圆满生命抛去，我终于不能。才知道我们的生命并未死，仍然活着，向前走着，在无限的高处创造建设着。

我相信你的灵魂，你的永远不死的心，你的在我心里永存的生命，是能鼓励我，指示我，安慰我，这孤寂凄清的旅途。我如今是愿挑上这副担子走向遥远的黑暗的，荆棘的生到死的道上。一头我挑着已有的收获，一头我挑着未来的耕耘，这样一步一步走向无穷的。

自你死后，我便认识了自己，更深地了解自己。同时朋友中是贤最知道我，他似乎这样说过：

"她生来是一道大江，你只应疏凿沙石让她舒畅的流入大海，断不可堵塞江口，把水引去点缀帝王之家的宫殿楼台。"

辛！你应该感谢他！他自从由法华寺归路上我晕绝后救护起，一直到我找到了真实生命，他都是启示我，指导我，帮助我，鼓励我。由积沙岩石的漩涡波涌中，把我引上了坦平的海道。如今，我能不怨愤，不悲哀，没有沉重的苦痛永远缠绕的，都是因为我已有了奔流的河床。只要我平静的舒畅的流呵，流呵，流到一个归宿的地方去，绝无一种决堤泛滥之灾来阻挠我。

辛！你应感谢他！你所要在死后希望我要求我努力的前途，都是你忠诚的朋友，他一点一滴的汇聚下伟大的河床，帮助我移我的泉水在上边去奔流，无阻碍奔向大海去的。像我目下这样夜静时的心情，能这样平淡地写这封信给你，那你也会奇怪我吧！我已不是从前呜咽哀号，颓丧消沉的我；我是沉默深刻，容忍涵蓄一切人间的哀痛，而努力去寻求生命的真确的战士。

我不承认这是自骗的话。因为我的路是这样自然，这样平坦地走去的。放心！你别我一年多，而我能这般去辟一个理想的乐园，也许是你惊奇的吧！

你一定愿意知道一点，关于弟弟的消息，前三天我忽然接到他一封信，他现在是被你们那古旧的家庭囚闭着，所以他已失学一年多了。这种情形，自然你会伤感的，假如你要活着，他绝对不能受这样的苦痛，因为你是能帮助他脱却一切桎梏而创造新生命的。如今他极愤激，和你当日同你家庭暗斗的情形一样。而我也很相信静弟是能觅到他的光明的前途的，或者你所企望的一切事业志愿，他都能给你有圆满地完成。他的信是这样说的：

"自别京地回家之后，实望享受几天家庭的乐趣，以慰我一年来感受了的苦痛。谁知我得到的，是无限量的烦恼！

我回来的时候，家中已决定令我废学，及我归后，复屡次向我表示斯旨，我虽竭词解释，亦无济于事。

读姊来信，说那片荒凉的境地，也被践踏蹂躏而不得安静，我更替我黄泉下的哥哥愤激！不料一年来的变迁，竟有如斯其悲惨！

一切境遇，一切遭逢，皆足以使人伤心掉泪！

我希望于家庭的，是要藉得他来援助完成我的志愿，我的事业；但家庭则不然。他使我远近游学的一点心迹，是希望我猎得一些禄位金钱来光荣祖墓家风。这些事我们青年人看起来，就是头衔金冠银裹满身，那也算不了什么希奇的光荣！我每想到环境的压迫，但愿一死为快。但是到了死的关头，好像又有许多不忍的观念来掣肘似的。我不愿死，我死固不足惜，但我死而一切该死的人不能竟行死去。我将以此不死的躯骸，向着该死的城垒进攻！

我现在的希望已绝，但我仍流连不忍即离去者，实欲冀家庭之能有一时觉悟，如我心愿亦未可定！如或不然，我将决于明年为行期，毅然决然地要离开他，远避他，和他行最后决裂的敬礼！

愿你勿为了一切黑暗的，荆棘的环境愁烦！我们从生到死的途径上，就像日的初升纵然有时被浮云遮蔽，仍然是要继续发光的。

我们走向前去吧！我们走向前去吧！环境的阻挠在我们生命的途中，终于是等若浮云。"

辛！是残月深更，在一个冷漠枯寂的初冬之夜，我接读静弟这封依稀是你字迹，依稀是你语句的信。久不流的酸泪又到了眶边，我深深地向你遗像叹息！记得静弟未离京时，他曾告过贤以他将来前途的黯淡，他那时便决心要和家庭破裂。是我和贤婉劝他，能用善良的态度去感化而有效时，千万不要和家庭破裂。因为思想的冲突，是环境时代不同的差别之争。应该原谅老年人们的陈腐思想，是一时代中的产物，并不是他对于子女有意对垒似的向你宣战。因之，能辗转委婉去和家庭解

227

释，令他能觉悟到什么是现代青年人应做的工作，自我的警策。令他知道我们青年人，绝对再不能为古旧的家庭或社会作涂饰油彩的机械傀儡。父母年老，假如一旦你的消息泄漏，静弟再远走惯去，那你们家庭的惨淡，黑暗，悲痛，定连目下都不如，这也不是你的愿意和静弟的希望吧！所以我一直都系念着静弟，那最后决裂的敬礼。

认识我们，和我们要好的朋友，现在大半都云散四方，去创造追求各个的生命希望去了。只有你的贤哥，和我的晶妹，还在这块你埋骨的地方，伴着你。朋友们都离京后，时局也日在变幻，陷入死境，要找寻前二年的那种环境和兴趣已不可得。所以连你坟头都那样凄寂。去年那些小弟弟们，知道你未曾见过你的朋友们，他们都是常常在你的墓畔喝酒野餐，痛哭高歌的。帮助我建碑种树修墓的都是他们。如今，连这个梦也闭幕了。你墓头不再有那样欢欣，那样热闹的聚会了。他们都走向远方去了。

自从那块地方驻兵后，连我都不敢常去。任你墓头变成了牧场，牛马践踏蹂躏了你的墓砖，吃光了环绕你墓的松林，那块白石的墓碑上有了剥蚀的污秽和伤痕。我们不幸在现代做人受欺凌不能安静，连你做鬼的坟茔都要受意外的灾劫；说起来真令人愤激万分。辛！这世界，这世界，四处都是荆棘，四处都是刀兵，四处都是喘息着生和死的呻吟，四处都洒滴着血和泪的遗痕。我是撑着这弱小的身躯，投入在这腥风血雨中搏战着走向前去的战士。直到我倒毙在旅途上为止。

我并不感伤一切既往，我是深谢着你是我生命的盾牌；你是我灵魂的主宰。从此我是自在的流，平静的流，流到大海的一道清泉。辛！一年之后，我在辗转哀吟，流连痛苦之中，我能告诉你的，大概只有这些话。你永久的沉默死寂的灵魂呵！我致献这一篇哀词于你吐血的周年这天。

雷峰塔下——寄到碧落

/ 庐隐

涵！记得吧！我们徘徊在雷峰塔下，地上芊芊碧草，间杂着几朵黄花，我们并肩坐在那软绵的草上。那时正是四月间的天气，我穿的一件浅紫麻沙的夹衣，你采了一朵黄花插在我的衣襟上，你仿佛怕我拒绝，你羞涩而微怯地望着我。那时我真不敢对你逼视，也许我的脸色变了，我只觉心脏急速地跳动，额际仿佛有些汗湿。

黄昏的落照，正射在塔尖，红霞漾射于湖心，轻舟兰桨，又有一双双情侣，在我们面前泛过。涵！你放大胆子，悄悄地握住我的手，——这是我们头一次的接触，可是我心里仿佛被利剑所穿，不知不觉落下泪来，你也似乎有些抖颤，涵！那时节我似乎已料到我们命运的多磨多难！

山脚上忽涌起一朵黑云，远远地送过雷声——湖上的天气，晴雨最是无凭，但我们凄恋着，忘记风雨无情的吹淋，顷刻间豆子般大的雨点，淋到我们的头上身上，我们来时原带着伞，但是后来看见天色晴朗，就放在船上了。

雨点夹着风沙，一直吹淋。我们拼命地跑到船上，彼此的衣裳都湿透了，我顿感到冷意，伏作一堆，还不禁抖颤，你将那垫的毡子，替我盖上，又紧紧地靠着我，涵！那时你还不敢对我表示什么！

晚上依然是好天气，我们在湖边的椅子上坐着，看月。你悄悄对我说："雷峰塔下，是我们生命史上一个大痕迹！"我低头不能说什么，涵！真的！我永远觉得我们没有幸福的可能！

唉！涵！就在那夜，你对我表明白你的心曲，我本是怯弱的人，我虽然恐惧着可怕的命运，但我无力拒绝你的爱意！

从雷峰塔下归来，一直四年间，我们是度着悲惨的恋念的生活。四年后，我们胜利了！一切的障碍，都在我们手里粉碎了。我们又在四月间来到这里，而且我们还是住在那所旅馆，还是在黄昏的时候，到雷峰塔下，涵！我们那时毫无所拘束了。我们任情地拥抱，任意地握手，我们多么骄傲……

但是涵！又过了一年，雷峰塔倒了，我们不是很凄然地惋惜吗？不过我绝不曾想到，就在这一年十月里你抛下一切走了，永远地走了，再不想回来了！呵！涵！我从前惋惜雷峰塔的倒塌，现在，呵！现在，我感谢雷峰塔的倒塌，因为它的倒塌，可以扑灭我们的残痕！

涵！今年十月就到了。你离开人间已经三年了！人间渐渐使你淡忘了吗？唉！父亲年纪老了！每次来信都提起你，你们到底是什么因果？而我和你确是前生的冤孽呢！

涵！去年你的二周年纪念时，我本想为你设祭，但是我住在学校里，什么都不完全，我记得我只作了一篇祭文，向空焚化了。你到底有灵感没有！我总痴望你，给我托一个清清楚楚的梦，但是哪有？！

只有一次，我是梦见你来了，但是你为甚那么冷淡？果然是缘尽了吗？涵！你抛得下走了，大约也再不恋着什么！不过你总忘不了雷峰塔下的痕迹吧！

涵！人间是更悲惨了！你走后一切都变更了。家里呢，也是树倒猢狲散，父亲的生意失败了！两个兄弟都在外洋飘荡，家里只剩母亲和小弟弟，也都搬到乡下去住。父亲忍着伤悲，仍在洋口奔忙，筹还拖欠的债。涵！这都是你临死而不放心的事情，但是现在我都告诉了你，你也有点眷恋吗？

我！大约你是放心的，一直扎挣着呢，涵！雷峰塔已经倒塌了，我们的离合也都应验了。——今年是你死后的三周年——我就把这断藕的残丝，敬献你在天之灵吧！